あなたが私を好きだった頃

井形慶子

You Used to Belong to Me

Igata Keiko

poplar

あの人があなたを苦しめているのではなく
あなたの心があなたを苦しめている

はじめに

イギリスに通いながら本を書き続ける私が、過ぎ去った自分の恋について思い返したのは、こんなきっかけからでした。

「もし、神様がさ、人生のどこかに戻してあげるって言ったら、どこに戻りたいと思う？」

イベントの打ち上げに皆で食事をしていたある晩のこと、一人の青年が突然大きな声で皆に尋ねました。

外はみぞれが降る、とても寒い二月のことでした。

子どもの頃から空想することが大好きだった私は、この青年の神様のたとえ話に、たちまち引き込まれました。今でさえ何かを考えたり決めたりする時、目に見えない夢や、直感のようなものに指針を求めることがあるからです。

振り返ってみると、19歳で初めてイギリスを訪れた時は、予約していたはずの宿が突然キャンセルされて、ロンドンの街をさまようことになりました。

右も左も分からない初めての外国で、どうすればいいのか。旅行者が行き交う白いテラスハウスの続く、民宿街を行きつ戻りつする私は、不安と恐怖でどうにかなりそうでした。

ところが、行き当たりばったりに歩き回るうち、私は何度も同じ女性とすれ違っていることに気付きました。若い東洋人のその視線は、確かに私に向けられている気がしたのです。

Gパン姿の彼女はラフな格好で、学生のように見えました。

どうしようもなく、駅に向かって歩き始めた時、私はなぜかあの女性が再び行く手に現れる気がしました。それがなぜだか分からないのですが、あの女性によって私は、行くあてのない今の状況から救われると思ったのです。

そしてそれは現実になったのでした。

中国系イギリス人のその女性は「どうしたの」と、私に声をかけてきました。

そして、英語もろくに話せない私の代わりに安宿を手配してくれ、イギリス滞在中はあれこれと面倒を見てくれたのです。

彼女は道に迷い、荷物を持ってウロウロする私を遠くから見ていたと言い、私も、そんな彼女に助けられることをどこかで感じていたのです。
理屈じゃないものが大切なことを指し示すことがある。
偶然何度もすれ違っただけで、彼女に強いつながりを感じたこと自体不思議なことで
した。
こんな経験をするたびに、説明のつかない不思議な出来事が私を苦境から救ってくれ
ると、ごく自然に思うように感じたのです。
だからでしょうか、「もし願いを叶えてくれる神様がいたら」――というその青年の
一言が、その夜は何かの啓示のように感じたのです。
あたたかいボルシチと強烈なウオッカに、すっかり心地よい気分となったのか、青年
がいつの頃に戻りたいかと真顔で尋ねるのに、皆は「母ちゃんのお腹の中」とか「ダー
ビーで当てた日」と叫び、誰一人としてまじめに答えようとせず、彼を困らせていまし
た。
その時、一人の女性がすくっと立ち上がり、「今が一番いいと思わないと、人間ダメ
になっちゃうのよ。あなたっていくつ？　年寄りのようなこと言わないで」と、説教口
調で絡みました。
質問した男性は三十代のおとなしい文学青年でしたが、彼女の言葉をものともせず、

さらに食い下がりました。

「じゃあ、忘れられない人とか、いるでしょ。初恋の時代に戻りたいとか、皆さんないですか?」

すると、とっくに違う話をしていたみんなは、「出た。韓流《はんりゅう》ですか」と、韓国人俳優の真似をして揚げ足をとりました。

顔をしかめる青年に、その中で一番若い女性が声高に言いました。

「もし何でも叶えてくれる神様が私の前に現れたら、今つき合ってる彼と結婚させて下さいって頼むわ。昔の彼をほじくり返すより、目先の結婚問題が大切だもの」

その言葉を聞いて意気消沈する文学青年は、グラスに残ったウオッカを一気にあおりました。

夜の冷気に白く凍り付く窓。吹き付ける風に木々が激しく打ち合う冬の夜。

祝宴のざわめきが徐々にかき消されていきます。

もし、神様が現れて、人生のどこかに戻れるなら——私には間違いなく戻りたい時がある。

鬱蒼《うっそう》と茂る木々に囲まれた古い洋館。

街角にひっそりたたずむ喫茶店。

そこで得た、自分の命がほとばしるような充足感。

私を待つあの人を見つけた時の喜び。

「あの日々に連れ戻してあげよう」——今でも私は、神様が近づいてきて、そっと肩に手をかけてくれやしないかと、時々後ろを振り返っているのです。

ブックデザイン……日下潤一＋小倉佐知子
カバー・イラストレーション……根本有華

あなたが私を好きだった頃　目次

第3章　喪失

第4章　過ぎてゆく時間と埋められない距離

第5章　彼の心への旅

第6章　復活する愛・消える愛

あなたが私を好きだった頃

第1章　別れの予感がよぎるとき

恋の始まり

1年間つき合った男性と大げんかの末に別れた私は、27歳の夏を誰によるすべもなく、たった一人で過ごしていました。

会えば自分の仕事の自慢に終始する彼を頼もしい、自分の世界を持っている人と見上げていた気持ちは、つき合ううちに自己中心的な性格という評価に変わってしまい、ついに終わってしまったのです。

外国人向け情報誌の編集長として、毎晩遅くまで原稿を書き、広告を作る何の変化もない生活。そこに華のようなものを添えてくれたのが彼でしたが、どんなに努力しても恋を愛に発展させることはできなかったのです。

「しょせん俺はサラリーマンだからさあ」と、自分をさげすむような前置きを付ける彼に、好意はいやおうなく冷めていき、そんな気持ちを手紙に書いて渡すと、「僕を試しているんだろう。信じられないことをする人だよな」と、今度は見下されてしまいました。

会うたびにこれ以上、愛が深まらないことに気付いていながら、それでも好きなんだ、好きでいようと努力していた1年間を思い返すたび、本当のところ私は彼に何を求めていたんだろうと思いました。

結局、私は一人になるのがこわかっただけかもしれません。

彼と別れてから予定のない週末に近所のビデオ店に行くと、短パンにサンダルばきの独身らしい男性が、けだるそうな表情でビデオを物色しています。この人達は、彼女と呼べる人などいないのだろうか。

つい、この前までは週末ごとに車で彼と方々の町に出かけていた私。奥多摩を目指して曲がりくねった林道を「酔いそうだわ」とはしゃぎながらドライブしたり、夕暮れのファミリーレストランで、家族連れに混じってスパゲティを食べたりしていました。

それが今では、ビデオ店にいる男性達に埋もれているのです。何か自分の人生が大きく後退したような気がしました。

「何かを始めなくては」と自分をむりやり奮い立たせようとした私は、新しい人生のステージを切り開くことで、彼とのことも忘れようと思いました。それには自分の仕事を見直すしかないと、漠然と思い描いていた会社設立や本の執筆に向けて動き始めたのです。

19歳で出会ったイギリスに強くひかれ続けてはいたものの、何かをやり遂げ、自分自身の人生をここで開花させなければ、逃げるように好きな国に行ってもすべてが中途半端になってしまう。人生でやり残したことは、まだたくさんあって、今は一人で地道にそれに取り組むべきなのだ。

私は自分にそう言い聞かせながら、いくつかの企画書を作り、それを推し進めるべくいろんな人に会いに出かけました。

彼が消えて、心に「空き」ができると、これまで別段気に留めなかった周りの人の存在が、前よりクローズアップされる。

誰かが去れば、誰かが現れる——。これが恋愛の法則だろうかと考えたものです。

成功して、有名になって、彼を見返したい。

暮らしをテーマにした雑誌や書籍を発行する、自らの出版社を創ろうとする意欲が、元恋人との別れから生まれた屈折したものと自覚することは、時に私の思いを複雑にしました。

そんなもやもやに目をつぶるために、私はスケジュール帳に朝から晩までたくさんの予定を書き込み、編集企画、広告プランを考え続けました。

以前一度だけ会ったことのある大手広告代理店の担当者から、送付した企画案について電話が来たのは、そんな慌ただしさの中でした。面白そうな内容なので早々に話を聞きたいという連絡に、さっそくその代理店を訪問しました。

その担当者は、今では名だたる建設会社、数社を束ねる宣伝チームの責任者になっているということでした。

送られてきた名刺を頼りに立派な社屋を訪ねた私は、応接間に現れた顔もほとんど覚えていない気難しそうな男性を前にとても緊張しました。

今日の交渉の目的は、私が作ろうとしていた雑誌に、この担当者が広告予算を付けてくれるかどうか、そこにありました。

うまくいきますようにと書類を広げる私。

ところが四十代半ばのその男性は、私が企画をうまく説明して契約をとろうと意気込んでいることが分かったのか、すぐに口火を切りました。

「送ってもらった広告企画については、一通り目を通して予算を取りました。面白そうな雑誌ですね。いずれバブル経済がはじけても、暮らしは普遍のテーマだし、どんな住まい方をしていくのか、日本人が自分で考える時期に入っているのですからね」

私は心で小躍りしました。すでに予算を取ってくれているなど、こんなにスムーズに話が進むとは予想していなかったからです。

彼は私が外国人向け情報誌を立ち上げた折、色んなメディアに取材されていた経緯も調べていたようで、「お仕事ぶりについては拝見しています」と、持参した私自身を説明する新聞記事などの資料には目も通さず、年間スケジュールを立てるので、次回は広告内容を具体的に提案して下さいと言いました。

勢いにまかせてやってきた私は、その丁寧な物腰のどこかに裏があるのではないかと、かしこまったまま彼を見つめていました。

そんな私に彼が突然、「この前、送っていただいた媒体資料の中に入っていた手紙に書いてあったけど、そんなにイギリスが好きなんですか」と、尋ねてきました。

私が「そうです」と答えると、彼はさらにどこが好きなのかと聞いてきました。

「一言では言えないです。話すと長くなるけど……」と前置きし、私は少しずつ自分のことを話し始めました。

「大学を中退して紆余曲折していた頃から、イギリスの家並みや、人の生活ぶりを見たり、料理を食べたりするだけで、自分が元気になれることに気付いたんです。私は何も持っていないけど、あの国を見つけたことだけは自分の誇りだと思ってます」

彼は、そんな私の話を頷きながら聞いていました。

こんな話が面白いんだろうか。

「一番イギリスらしい家はコテージですか」と、英国住宅についての質問に、観光地の家より、スコットランド地方のコテージがイギリスらしく写真映りもいいと答えました。

するとと彼は、

「そのことは知っています。湖水地方のコテージはあまり好きじゃないんでしょ」

と返します。

「え？　そうですが……どうして分かるんですか」

驚きの私に、

「先週コメントされてた経済新聞を読んで面白い内容だったので、部下にファイルさせたんですよ」

そう言って笑いました。

広告予算を貰えればそれでいいと思ってやって来たのに、私のギスギスした意気込みは、彼の誠実な対応の一つ一つになりをひそめてしまいました。これも予想外のことで、気が付いたらここに来て二時間が過ぎていました。

彼は下まで送りますと、応接間を出ると私の前を歩き始めました。エレベーターに乗り込んだわずか数十秒間、肩越しに見た彼の横顔は、最初とうって変わってとても優しげで、とても自分に近い人のように思いました。

途中、何人かの人が乗り込んでくるたび、私が人にぶつからないよう手をのばす彼。誰もが彼に会釈をする様子から、責任ある立場にいる人だということは察しがつきました。

この人はどんな人だろう。

ビルの玄関口で深々と頭を下げ、立ち去ろうとした私は、ふと気になって後ろを振り返りました。すると、彼はまだこちらを見て立っていたので、もう一度ゆっくり頭を下げました。

広告予算をくれたこと。
私の新聞記事を覚えていてくれたこと。
イギリスの話を聞いてくれたこと。
久しぶりに優しい気持ちになれたこと。

次に彼と会ったのは、あるオフィスビルの落成パーティーでした。

彼の部署は、そのビルのPRを一手に引き受けていました。彼の部下から招待状を受け取っていた私は、もしや彼もこの会場にいるのだろうかと、しばらく辺りを見渡していました。けれど大勢の人の中にそれらしき姿もなく、ボーイに渡されたグラスを、ぼんやり持って会場の真ん中に立っていたのです。

今日は会えないかもしれない。クライアントの相手をしているのかもしれないし、ここに来ていないかもしれない。

残念だと思っていたところに「こんばんは」と、突然、彼が現れました。驚く私に彼は、「顔が真っ赤だから、これと取り替えよう」と、私の手のワイングラスを取ると、ウーロン茶の入ったグラスをかわりに渡しました。

「あの……」と、戸惑いながらも私は、たちまちあの優しい雰囲気に包まれました。

彼はこれから放映されるこのビルのテレビコマーシャルについて話し始めました。業界用語を使わず、私の同意を求めるような穏やかな口調。

いつまでも話していたくなるような感覚。

会場のざわめきが消え、私の耳には彼の声だけが届きました。

その後も彼と仕事で会うにつれ、この人といると安らぐという思いは、ますます大きくなっていきました。それと並行して、人生を切り開くんだという切羽詰まった考えは、もっと彼を知りたいという欲求に飲み込まれていったのです。

それから半年後に彼の気持ちを打ち明けられた時、体の芯から溢れるような感動に満たされた私は、自分の人生が大きくうねりながら幸せに近づいていると思いました。

少しづつエッセイを書き始めていた当時の私は、時々、書きためたものを彼に見せては、どう思うかと尋ねたものです。

「いつか全部の原稿が本になって、たくさんの人が読んでくれることが夢なの」

そういう私の話に彼は頷きながら「その時は真っ先に本を買うよ」と、言ってくれるのでした。

ある時、旅の途中の新幹線の中で、とても愛し合う恋人達の話を思いついた私は、隣に座って窓の外を眺めていた彼に、「こんな話はどうかしら」と、思いつくままに頭に浮かんだ物語を喋り始めました。夢中になって話す私を見ていた彼は、おもむろにジャケットから自分の手帳を取り出し、私の言葉を書き留めました。

驚く私は尋ねました。

「どうして私の話を書いているの?」

すると、彼は手帳を閉じて言いました。

「いい話だと思ったから。君が忘れないために」

その言葉を聞いた私は、胸がいっぱいになり、物語の続きも忘れてしまいました。

「こんな風に私の夢まで大切にしてくれた人はいないわ」

まるで、時が一瞬にして止まったようでした。

すると彼は「俺は人に誤解されやすい。前につき合った女性からも、冷たい人と言われたこともあった。だから買いかぶらないで」と言いました。

それでも、私は彼の中にいつも繊細な優しさを見つけてしまうのです。

「あなたの心に入ってもいいの？」

そんな問いかけが口をついて出たのも、私がずっと探していたこんな愛が、彼という人の中にあったことが信じられなかったからです。

そう言う私を彼は真っすぐ見ると
「そうしてほしい」

と、まるで請うように言いました。

人間関係に用心深い彼は、「近づきすぎるとうまくいかなくなる」と、常に人との関わりに距離を置いていました。

けれど、何のためらいもなく自分に近づいてくる私の無邪気さだけは、彼にとって安らぎだったと言うのです。

彼が与えてくれたもの

恋をした女性がすべてそうである様に、私の毎日は輝いていました。

彼と出会った後に会社を設立した私は、これまで経験することのなかった財務や人事に関する問題も次々とさばいていかなければならず、文字通り「選択」と「決定」を繰り返す毎日を送っていました。

けれど、どんな難問が降りかかっても、いつも私の後ろには彼がいるという安心感で、全て難なく乗り切っていったのです。

彼はこちらが何か問いかけない限り、私自身の仕事についてあれこれ聞くこともせず、時々「どう？　うまくいってる」と言うだけでした。それでも私がやろうとしていることを絶えず気にかけているのは伝わってきました。

同世代の社員を雇い、慣れない経営者という立場で組織を作る私の大変さは、大勢の部下を動かしながら、建設業界の新規プロジェクトをまとめ上げる彼の経験値からすればたやすく察しがついたのでしょう。

私は仕事で困った事態が起きると、社員に分からないよう彼に電話を入れました。「アルバイトの学生が大切な取引先を怒らせてしまって……」と言うと、詳しい事情を話さないうちに「君自身がすぐに謝りに行った方がいい。仕事で誤解を生んだ時は、とにかくさっさと対応することだよ」と教えてくれます。一回で飲み込めない時は、再度「私が、行くの？　その方がいいの？」と尋ねるのですが「その方がいい。俺はそうしてきた」と言われると、それ以上の選択肢は無いと思えるのでした。

恐る恐る謝罪に行くと、烈火のごとく怒っていた取引先の担当者は「こんなすぐに来られるとは、かえって恐縮です」と態度を和らげ、私は胸をなで下ろしました。

不思議なことに、半信半疑でも彼の言うまま動くと結果はいつも好転し、そのたびに彼という人の大きさを痛感するのでした。

ある日、彼の会社に広告原稿を届けようと出向いた私は、彼がロビーでクライアントらしき人達と立ち話をしている場面に遭遇しました。年配の高そうなスーツを着こなした人達に囲まれ、憶することなく話をする彼。その姿はとても立派で、受付に立った私は、いつまでも見ていたいと思いました。

この彼からすれば、私の抱えるたくさんの問題など取るに足らないことに違いない。

そう思うと、場違いな彼の領域に踏み込んだようで、今日は原稿を受付に預けて帰ってしまおうと思いました。その時、私に気付いた彼は周囲の人に何か言うと、ゆっくりこちらに歩いてきました。

あせった私は封筒を差し出し、

「これを届けに来たんですが、忙しそうなので今日は帰ります」

と言いました。すると彼は笑いながら、

「ちょうどよかった。君をクライアントに紹介するよ」

と、戸惑う私を皆のいる場に連れて行きました。見知らぬ人達の視線が一斉に私に集まると、彼は慣れた口調でそれを整理しました。

「今回、ブリスベンのコンドミニアムについては彼女の媒体でも取り上げてもらいます。新しい媒体ですが、とても面白い切り口を持っているので私の部では一押しですよ。次のウォーターフロントの件でも起用する予定ですから」

その言葉を聞き、その場にいた人達は「それはどうも、よろしくお願いします」と次々と名刺を出し始め、恐縮した私は、頑張ります、ありがとうございますと、何度もぺこぺこ頭を下げました。

そんな様子を満足そうに見ていた彼は、クライアントを見送ると、ロビーのソファに座っていた私の隣にやってきて腰を下ろしました。

「いつか紹介しようと思っていたから、ちょうどよかった。礼儀正しい、いい人達でしょ？」

「ええ、名刺を見てびっくりしました。どの人もすごい肩書きがあるから、とても圧倒されて」

「びっくりしたのは彼らもきっと同じだよ」

「えっどうして、私はただの……」

そう言いかけると彼は首を振りました。

「若いのにスケールを感じさせる。俺だって君と会った時、そう思ったんだ。そのひたむきさがある限り必ず階段を上っていく人だ」

私は彼の深いグレーの背広を見つめ「そうかしら。私、そうなれるかしら」とつぶやきました。すると彼は私の目を見て言いました。

「大丈夫。ずっと見ているから、何も心配ない」

そんな彼の言葉は、まるで魔法のように私の未知なる人生を虹色のベールで包みました。

彼の愛情と期待に応えたい。心からそう思った瞬間、これまで眠っていたたくさんの感性の扉が次々と開いていくのが分かりました。

　恋が愛に変わった頃、私はべたなぎの海を大きな船に乗って、どこまでも漂うような安らぎを感じていたのです。

　その後、私は彼と二人で東京のはずれに建つ、周りを鬱蒼《うっそう》とした木々に囲まれた古い洋館を訪ねました。

「昔、よく撮影に使っていた。元はアメリカ人の宣教師が住んでいたんだよ」

　彼の記憶をもとに路線図を見ながら、何度か電車を乗り継いで見知らぬ駅に降りたった時、日はすっかり傾き始め、街はオレンジ色に染まっていました。

　駅の階段を下りたところに立つ一本の樫の木は、街の門番のように空に枝葉を広げています。

　うっすらと現れた月の下を走るいくつかの雲。

「樹齢百年は間違いないな。それにしてもこんな路地の真ん中によく残り続けたものだ」

　樫の木を見上げてそうつぶやいた彼は、飲みかけのミネラルウォーターを持て余す私を見て、

「止まってここで飲んでしまった方がいい。ずっと片手が使えないだろう」

そう言って、ボトルの水を飲み干す私を見つめます。

逆光になった彼の表情はいつもと違う人のようでした。

「もういらないわ。一度に飲みきれないもの」

そう言う私の言葉など意に介さず、今日は東京の隅から隅まで歩けそうだと笑う彼。

「そんな。ずっと歩き続けたら飽きてしまうわ」

と、口をとがらせる私に、

「いや、飽きないよ。君の話を聞いているだけでとても楽しいから」

と真顔で言い、俺が持っていてあげると、飲みかけのペットボトルに手をのばしました。

夏の生暖かい空気は、日没の湿気を含んで愛を鮮明にしていきます。

やがて一本の路地が陽に焼けた木造住宅の間に現れ、そこを通り抜けて歩いていくと、傾きかかった古い家が見えました。

戦前からここに建っていた風情の引き戸のある家。その軒先で、手拭いを首に巻いた老人が、おはぎの入ったガラス棚の脇にぼんやりと座っています。

「おはぎだよ。うまそうだな」と、私の顔をのぞき込んだ彼の幸せそうな目に、胸がいっぱいになって「少し買って行きましょうか」と、あわてて老人に千円札を突き出した私。

彼は嬉しそうにおはぎの包みを受け取りました。

彼が年上で経済力もある人だからこそ、二人の時には私が出してあげたい。いつもそう思っていました。経営者や企業の要職につく男性が、何かにつけてお金を支払う様子を見てきた私は、絶えず人に気遣う立場に立つ彼を自分なりの方法でいたわりたかったのです。

そんな時は照れ隠しに「これで今日は一回貸しね」と笑うと、「借りは必ず返す」と生真面目に答えるのが彼の常でした。

町のはずれに建つ、所どころ薄桃色のペンキが剝がれたその洋館は、まるでヨーロッパの田舎にある修道院のようでした。

私達は洋館の裏庭に置かれたささくれ立った木のベンチに座って、時間がたつのも忘れて話し続けました。先端が欠けた十字架が石碑のように建つ裏庭には、青い雑草の匂いが立ちこめています。

沈黙の合間に聞こえるカサカサという木のささやき。

頭の上からは、一度も聞いたことのないような不思議な鳴き方をする鳥が、その声音を聞かせてくれました。

「この洋館、スコットランドの島で見た礼拝堂にそっくりだわ。ほら、あのステンドグラスの色合い、絶対ヨーロッパから取り寄せたのよ」とはしゃぐ私に、彼は「しっ」と言葉をさえぎりました。

何かと目を丸くすると、「誰か建物の中で歌っている」とつぶやきますが、私には何も聞こえませんでした。

「あなたの空耳じゃないの」と言うと、

「違う、誰か歌っていたよ。一瞬だけどとてもきれいな声だった。惜しかったね」

彼は私を見て目を細めました。私はその真っすぐな眼差しが急に気恥ずかしくなり、わざと遠くの空の方へ顔を向けました。

「秋になったらこの辺りはもっと風情があるだろうな。今度来る時はカエデの紅葉が楽しみだ」

「今度」という彼の発した言葉が、砂地に染み込む水のように、ゆっくりと吸収され、今まで経験したことのない質の大きな喜びが私の内側に広がっていきます。

この愛は短命ではない。私はこの人と一緒にいてもいいのだ。彼もこの幸せがこの先も続いていくと、ごく普通に思っているのだから。

また秋に来ましょうね、と、答えた私は、このベンチから見た景色をずっと忘れないと思いました。

決して過去など振り向かなかったあの頃、私は、のびのびと愛を謳歌していたのです。

彼の気持ちが分からない

二人の関係は、その後、いくつかの季節を経て変わりつつありました。

恋愛に関して男と女は違うといいますが、「過去より未来に目を向ける」が口癖の彼と私は、物事の受け止め方、感じ方に大きな開きがありました。

楽しかった思い出を「あれは良かった」と単純に懐かしむ彼と、「これからまた、ああいう思い出が作れるのだろうか」と心配する私。「会いたくなったらいつでも会える」と思う彼と、「会えなくなったらどうしよう」と考える私。

そんな二人の違いを目の当たりにして混乱することもたびたびでした。

けれどその都度、子どもの頃、近所に暮らしていた夫婦が口癖にしていた「究極の愛とは、ただ、その人のそばにいてあげることだ」という言葉を思い出しました。何かをしてあげなくても、時間的、距離的にいつも一緒にいなくても、精神的にそばにい続けることが人間が持つ心の豊かさだと話すこの家の夫は、交通事故で視力を失っても、小学校の教師を続ける妻を毎朝、玄関先から見送るのです。妻はそんな夫を「あの人がいてくれるから、私は二十年間教職を続けられたのよ」といつも自慢するのです。

あの夫婦のように愛し合うことが出来たら。折に触れ、そう思う私は、以前取材で会った女優のことを思い出しました。

彼女は、結婚、離婚を繰り返しながら、最後は病に倒れた恋多き女性です。

ありし日の彼女は、メイクルームでタバコを片手に、男性の気持ちの変化をどこで読み取ればいいか、得意気にインタビューに応じてくれました。

「気持ちがさめた男は、まず電話が減る、無口になる、次のデートの予定を自分からたてようとしない、でしょ？」

いずれも今の彼に当てはまっているように思いました。彼の愛は、年月と共にさめつつあるのでしょうか。

私が彼との些細なやりとりの中に、昔とは違う「何か」を感じたのはいつ頃だったか。変化の境界線はよく分からないものの、食事、旅行と次の予定を決めるにも、なかなかスムーズに決まらないのは事実でした。

たとえば、「今年はまたどこかに行けるかしら」と、尋ねる私に、

「さあ……どうかなぁ」と、あいまいに答える彼は、必ず「忙しいし」と付け加えます。

「よし、行こう。いつがいい?」とすばやい決断をしたかつての勢いは感じられません。その女優は私の考え込む姿を覆すように、まだその先があるのよ、とタバコの煙を吐き出しました。

「あのね、男は女から気持ちが離れると、急に話し言葉が丁寧になるの。いくら優柔不断でも、不機嫌で怒りっぽいうちはまだ救いがあるかもね」

これが男性の気持ちを見分ける隠れたバロメーターだと女優は断言しました。だから恋した女性は男をどうあやすかが勝負どころだというのです。

そう言われてみると、彼が感情をあらわにした日々に、未来への不安はありませんでした。

「心が通じている恋人たちは、会った瞬間、相手の顔を見ただけで『今日は嫌なことがあったんだ』と分かる。そんな時こそ女の優しさで男をくつろがせるべきなのに、最近の女は男を気分良くできないのよ」

女優の言葉に思い当たるフシはいくつもありました。

彼が疲れていたり、不機嫌な時に限って、ついつい怒らせてしまうことは私にもあったからです。

知り合いのこと、今食べている料理、来週の予定。

内容は何であっても、つき合いだして一年過ぎたあたりから、「そんな話は聞きたくない」と不機嫌にはねつけられ、その瞬間、成す術もなく途方に暮れてしまうのでした。

それはこんな具合です。

その夜もレストランで食事中に、疲れた表情をしていた彼は、おもむろに尋ねてきました。

「イギリスに行くんだよね。いつからだ？」

それを聞いた私は、渡英については何度も念押ししていたのにと、がっかりしました。なぜ私の予定を頭に入れてくれないのかと、飲んでいたワインをテーブルに置くなり、ため息をつきます。

「来月に入ってすぐよ。だからずっと東京にはいないって言ったでしょ。もう忘れたの？」

すると彼は「そんな言い方をするもんじゃない」と怒り、一瞬にしてその場の雰囲気は崩れました。どうしようと下を向き、彼もバツの悪そうな顔で手にしたフォークを持て余しています。

この人はどうしていつも大切なことを忘れて、揚げ句の果てに怒るのか。自分のスケジュールはしっかり覚えているのに。前はこうじゃなかったのに。

憤り半分、でも、このままではせっかくの夜が台無しになってしまうと、焦り半分。気分は崖っぷちです。

何と言葉をつなげばいいのか。

次の瞬間、思い切って顔を上げると、にっこり微笑んだ私は、

「そのネクタイの柄、素敵ね」

と、唐突に彼の格好を誉めました。すると彼は一瞬驚いた様子でしたが、憮然とした表情を崩すことなく「ああ」と答え、咳払いをしました。

私は吹き出しそうになるのをがまんして、「ねぇ、ここのレストラン前から知ってたの？」と、無理矢理話題を変えたことを覚えています。

こんなたわいもない会話を繰り返すうち、互いの気持ちは落ち着いて静かな場所に着地できる。似たような衝突を何度も経験するうち、行き着く所はいつも同じだと知っていました。

化粧を直して席に戻ってきた私を、彼は頬杖をついて待っていました。物憂げなその姿が、いつもの彼らしくないので何だろうと思っていると、彼はその姿勢を崩すことなく、

「いつ向こうから戻ってくるんだ」

と、再び尋ねてきました。

「三週間後よ。さっきの答えと変わってないわ」

「長いな、二十一日間外国暮らしか。そんなに日本を離れて他の仕事は大丈夫なの。長すぎるんじゃない」

淋しい自分の気持ちを隠すように、彼は別れ際まであれこれ尋ね続けました。さっきまでの怒りは跡形もなく消え、凝縮された愛情が、話し言葉や仕草を優しくしていきます。

こんな自分の経験を思い返しても、女優の言う「不機嫌で怒りっぽい」ことは、愛情の裏返しともとれるのです。

ところが、人がいったん心を閉ざすと、相手に要求したり憤ったりすることに、どこかで「場違いだ」と感じ、当たり障りなくつき合い始めます。機嫌が悪くても、疲れていても、怒るどころか、自分を殺し、丁寧に接する。

そうなったら要注意だとあの女優は教えてくれました。

今になってこんなことを思い出すのは、最近彼が感情を表さなくなり、怒ることもほとんどなくなったからです。

私が突っかかってみても「分かるでしょう」「今度にしてもらえる?」など、丁寧な言葉で返答され、肩すかしをされた気になるのです。

そこに不安が残るのは、慣れ親しんだ二人の習慣やカタチが少しずつ変わってきていることに、何か重大な意味があるのでは、と思い始めたからです。

精神科医を求める失恋気分の女たち

ある日、帰宅途中の私は電車を待ちながら、このところ、しばらく話していなかった彼に電話をしようと思いました。ところが公衆電話の前まで行ったものの、何を話せばいいのか分からず、躊躇《ちゅうちょ》している自分に気付いたのです。

昔は毎日電話で話し、お互いの声を聞かないと何か忘れ物をしたようで一日中落ち着かなかったものです。話があってもなくても、いったん電話すると次々と言葉が溢れたあの頃は、何を話そうか、などと思ったことはありませんでした。

あの頃より今の方がもっと相手を理解して絆は深まっているはずなのに、この葛藤は一体どこからくるのか。

会わない時間が育てるのは、愛ではなく妄想だと言った人がいました。間をあけず会い続けなければ、男女の愛は遠のくと言う人もいます。

そんな時間を埋めるべく、私は旅先や出張先から彼に手紙を書きました。

ところが、ある時、京都から彼に出した手紙が、宛先人不明で戻ってきてしまいました。ぼんやりと書いたのか、住所を間違えてしまったのです。

ポストに投函された「宛先人不明」の赤いスタンプの押された封筒。それを手に取った時、何かがすれ違い始めたと思いました。

その手紙には電話で話せば数分で終わるような、たわいもないことを綴っていました。そして最後に「近いうちに会いましょう」と付け加えていたのです。

その一行のために、昨日観た映画の話、軽い風邪をひいたことなどを書き並べました。たくさんの取るに足らない言葉で、こちらの不安を埋め込んで手紙に託して送る手の込んだ作業に力が入るのは、そこに深い思いを塗り込めようとするからです。

それが彼の目にふれることなく、くるりと踵《きびす》を返すように戻ってきた。

こんな時に限って電話もつながらず、彼と話をしようとしたことに「待った」がかかったようでした。

でも、なぜだろうか。

仕事も人間関係も、ある一瞬を境に、よどみなく流れていたものが停滞する。これまで生きてきた中でも、こんなことはすでにたくさん経験していたのに、今回ばかりは不安が募ります。

そんなあらがえない人生の摂理は、大切な彼との関係においても例外なく訪れるのでしょうか。

それから数日後、私は精神科医である友人の診療所でコーヒーを飲んでいました。彼女ならこんな時どうするのだろうかと思いつつ、ぼんやりと午後を過ごしていたのです。

「考えすぎると、うまくいくことも先に進まなくなるわよ」

精神科医として多忙な彼女は、先のとんがったアメ色の眼鏡の奥からこちらの心を見透かしているようでした。

「心理カウンセリングを始めて気付いたんだけど、今、恋愛でおかしくなっている人って10年前よりずっと増えているわ。前だったら恋人にこっぴどくふられた揚げ句『死にたい』自殺願望を抱いたり、『食べられない』拒食症になっていったのに、今は彼から電話が来ないというだけで心療内科に駆け込んでくるのよ」

そういう話はよくあると答えると、彼女は首を振って「重症よ、私から見れば。だって彼女達って、それが原因で電話恐怖症になって、恋人に連絡ができずに心を病んでいくのよ。中には『先生、彼に電話して下さい』って私に電話番号を差し出す人までいるんだから。職務上それはできないと断るけど、プライベートでは助っ人もやったわよ」

友人は一度だけ、親しくつき合っているいとこに頼まれ、交際相手の男性に電話をかけたそうです。

銀行に勤めて1年とたたないいとこは、二十代半ば。つき合って半年たつ同じ銀行員のササキさんから電話が来ない。私の代わりにかけてと、彼女の部屋にやってきて泣きながら訴えました。一週間まともに眠れないと憔悴しきったその姿に、相手の男性に怒りが湧き、友人は連絡係を引き受けたのです。

「ササキさん、いとこがあなたから電話が来ないと心配してます。よかったら、一言でいいから連絡してあげて下さい」

突然の見知らぬ女性からの電話に、ササキと呼ばれる30代の男性は、電話の向こうで「はぁ」と繰り返すばかり。一向になびく気配もなく、最後は気まずい沈黙が続き、話を打ち切ったそうです。

「まったくぼんやりした男性なの。でも彼女にはそんな風に言えないから、くよくよ考えるのはよしなさい。やることはやったのだから。待ってみて何も返事が来なければ、自分が今だと思った時に、あなたからまた電話すればいいわ」

そう言って、不安そうな表情で、ことの次第を見つめるいとこを励ましたと言います。

ドクター・スーザンノーレンの"Women Who Think Too Much"（考えすぎる女性）を愛読する理知的な友人は、精神科医らしくこう説明します。

「相手がどう思ってるだろうという考えが迷宮入りしたら、嫌なことが次々と起きるのよ。電話が来ない理由を一人で考えたところで、『彼はうっかり忘れたんだろう』『きっと忙しいのよ』とは絶対思わない。ほとんどの人は『彼が心変わりした』という結論を引き出すはずよ」

こんな風にいつも淡々と恋の分析をする彼女に、本気で人を愛したことがあるのだろうかと思ったこともありました。

「でもササキさんは、『電話します』と言わなかったんでしょう。その男性は彼女にさめたんじゃないの?」

すると、手元の書類を見ていた友人は下を向いたままつぶやきました。

「違うわよ。事実はササキさんが『電話します』と約束しなかった。それだけよ。それ以上、それ以下のことを彼はまだ、何も言ってないのよ」

恋愛している女性特有の不安感が、物事をいつも悪い方向に引っ張っていこうとする。だから恋が大きなストレスを生み、相手との対話の中で心を病んでいく。

そんな彼女の言葉は、まるで私自身を指しているようでした。

精神科医の友人の言葉を借りると、彼は何も決定的なことを私に言っていないのです。「別れる」とも「やめよう」とも。

事実は、この前、手紙が届かなかった、それだけなのに、相手の気持ちを深く探ってしまうのはなぜだろう。

それが自分でもよく分からないのでした。

愛をゆがめる「周囲の忠告」という障害

イギリスを含め、海外に仕事で出かけるたびに、まず目に飛び込んでくるのは幸せそうに寄り添う中年カップルの仲むつまじい姿でした。

そのたびに私は、いつか映画で見つけた名セリフ "Without trust there is no love" ——信じなければ愛はない、を思い出したものです。

「相手をとても愛しているのに、信じられない人が日本には多すぎる」

在日フランス人のエンジニアは「彼を好きかい?」と、恋人のいる日本人の女性に尋ねると、そのほとんどが「もちろん」「こんなに好きになった男性はいない」と即答すると言いました。

ところが「君は何があっても彼を信じられるの?」という問いかけには、「そうね……ケースバイケースでしょうね」「え? 相手の本心が疑わしければ信じる前に追及するわよ」とぼやけた返事しか返ってこないそうです。

深く愛することと、真っすぐに信じることは別なのです。

愛する力と信じる素直さは、往々にして一致しないのかもしれません。

それが分かっていても彼への不安は、周囲の言葉によってさらに強くなりました。

もともと彼は恋愛においても、思うままに行動する人ではありませんでした。たとえどんなに人を愛しても、それを露骨に表すことを好まないからです。

そんな一見すると消極的な態度が「何かあったのだろうか」と、絶えずこちらを心配させました。

「人を好きになったら、好きって言った方が楽しいものよ」

そう指南する私を否定するでもなく、ただ見つめている彼は、武士道の美学にのっとって生きている人なのかと考えたこともあります。

それが分かっていながら他人の言葉によって、なぜ自分が振り回されていくのか。

こんなことがありました。

ある日、近くまで来たからお昼でも食べないかと、デザイン事務所を経営する女性デザイナーから会社に電話がありました。私と同じ時期に会社を設立した彼女は、以前同じ会社に勤めていた頃仲良くしていた間柄でした。彼女は、30代女性独得の程良い美貌と、卓越した才能を併せ持つデザイナーとして、広告業界では話題にのぼっていました。

そんな彼女と久しぶりに会うのに、電話を切ったあと、嫌な予感がしたものです。人間の防衛本能に基づいた直感は、正しい場合が多いと説いた学者がいましたが、その言葉通りに自分の第六感をもっと信じるべきでした。

この時、無理して出かけたのは、以前、彼女に彼を紹介していたからです。あるパーティーで偶然彼女と一緒になった私は、大手広告代理店に食い込みたいと熱望する彼女を、そばにいた彼に紹介し、その後の経緯が気になっていたのです。

うまく仕事に結びついたのだろうかと考えながら指定されたレストランに入ると、すでに前菜を食べ始めていた彼女は、私を見るなり、「やつれたわね。痩せたんじゃないの」と驚きの声を上げました。

「そんなことないわよ」と席に着いた私は、ひんやりした水を飲みました。

彼女は耳たぶにつけたゴールドのピアスをゆらしながら、共通の知り合いについて一人ずつしらみつぶしに検証し始めました。

「○○社の広報マンは若いのに発想力がない」「××電気は外資系の代理店が牛耳ってるから営業のガードが固い」

聞いていると、その多くは独断と偏見に満ちた彼女の私見のようでした。

話に上の空の私を引き戻すように、彼女は問うてきました。

「一見、とってもいい人そうにふるまう人っているじゃない。紳士的で裏表がないようなさ。でも、実際はすごく冷たかったりして……」

声のトーンが急に下ちたことに私は身がまえました。

この女性デザイナーが、彼のことを話題にし始めたと思ったからです。

「いるでしょ。そんな男性が。たとえば、この前のパーティーで名刺交換した、あなたの知り合いの代理店の責任者」

「えっ？」

私の反応を待つかのように、彼女はゆっくりと彼の名前を口に出しました。

嫌な予感は的中しました。

今すぐこの場を立ち去りたいのに、体が椅子に張りついて動けなくなりました。彼女は、私の気持ちを知らないため歯に衣を着せず喋り続けます。

いわく、パーティーのあと彼に連絡を取って、製作した広告を見せに行った。その中の何点かはある広告賞の候補作にもなった優れた出来だった。私の持ち前の押しの強さで作品を見せながら、建築は興味あるジャンルなので、ぜひ仕事をいただきたいと彼にアプローチしたのに、それに取り合わなかったと言うのです。

「立ち上げたばかりのあなたの雑誌に予算をつけてくれるのなら、新人デザイナーの中では、そこそこ注目されている私にだって仕事を回してくれると思ったわけよ」

「でも、それぞれの建設会社にはプロジェクトごとのデザイナーがついているはずよ。それは甘いんじゃないの?」

「いいえ。あれだけの広告予算をにぎっていたら、チラシ一枚、タイアップ広告1ページ程度の小さな仕事は、担当者の判断でどうにでもなるのよ。だから、あなたの会社だって取り引きできてるんじゃないの。何もかもが決まりきってるわけじゃないわ」

彼女はそんな前提に立って彼に売り込めば、もっと仕事が広がるはずだと目論んでいたと言います。

「それがね、『考えておきます』と言ったきり、その後連絡が無いのよ。そりゃ、偉くて忙しい方かもしれないけど。あの彼きっと、大手の広告代理店にいがちな鼻高男なのよ」

私が無視していると、彼女はさらに不快感をあらわにします。

「一応、あなたの知り合いとして会ったわけだし、あなたを立てる気があれば、私に失礼な態度はとらないわよね。せめてつき合いで一本仕事を回してくれるとかさ。あるじゃないの、そういう感覚って。それができないってことは、あなたへの敬意がないか、人間的にどこか欠落してるのよ」

彼女は何が言いたいのだろう。

「ご紹介いただいてこんな話もなんだけど、あの人、仲良くなったら結構身勝手なタイプだと思うな」

運ばれてきたスパゲティをフォークに巻きつけながら、この展開に耳を覆いたい気分でした。

次第に顔色が変わる私の様子に気付いたのか、「気をつけた方がいいわよ」と、彼女は自らこの話を打ち切りました。

私はこの悪夢のようなランチタイムによって、鉛の塊を無理矢理飲み込まされたようでした。

彼という人は他人から見ると人間味に欠ける人に映るのだろうか。

そもそも、彼は第三者になぜここまで言われるのだろう。

プライベートで言葉数の少ない彼は、確かに身勝手に見えることもありました。このデザイン事務所社長の一件のように人を紹介しても、そのつど報告もなく、後日談を期待していた私は肩すかしを食い、普段の彼の誠実さとのギャップに戸惑うのです。

「そんな彼が、純粋に私を好きでいられるのか。彼には別の目的があるのではないか」

湧き起こる疑惑に悩む私は、まるで背負わなくてもいい荷物を、肩に背負って泥沼を進む進駐軍のようでした。

　そんなもやもやした心情を人に打ち明けなかったのはいくつかの理由がありました。こと恋愛に関して女友達は、相談者——つまり女性側を弁護する傾向がある上、助っ人に頼っていると恋が軟弱になると思ったからです。

「あなたとこんなに親しくしているのに、考えてみたら何ひとつ、あなたの恋人のことを知らない気がするわ」

　周囲の人からたびたびそう言われても私は彼を失いたくない一心から、前に取材でお世話になった高名なお坊さんの説く、「大切なものをなくさない方法」を心に留めていたのです。

「あなたにとって一番大切なものは決して軽々しく口にしてはいけない。それを失った時、再び手に入らないくらい大切なものは、どんなに嬉しくても、悲しくてもじっと心の中にとどめておきなさい。いったん口に出したら最後、それは言霊となって呆気なく空中に飛び散って消えてしまうのだから」

　お坊さんが深い森の中の境内で、親しみを込めて教えてくれたこの話を聞いた時、大切な人のことを口にしないことで愛情が守れるのなら、彼に関することは何があっても人に相談するのはやめようと思ったものです。

人の意見に振り回されがちな今の自分を考えれば、それは妥当なことでした。

ところが、第三者の声はどんなに敷居を高くしても、次々に飛び込んできます。

これも恋にはつきものなのでしょうか。

その頃私は偶然にも、彼を昔からよく知っているという建築家と取材で知り合いました。二度目に取材で会った時、建築家は少し驚いたように言いました。

「君んとこの雑誌に出ている建設会社の広告だけど、よくあの代理店が出稿したな。もしかして担当はアイツ?」

建築家が口にした彼の名前に、嬉しそうに笑う私。

私と彼が親しいことを感じ取った建築家は、その後、打ち上げの席で「君は彼を気に入ってるようだけど、僕が見る限りアイツの好みとは違うなぁ。あの男は一見女性に熱心に見えるが、何事も深く考えてない。惚れたというわけでもないのに、相手に好きな素振りを見せたりしてさ。女性の扱いがうまい、それだけだからさぁ、どんなに惚れてもムダだよ」と、酔いにまかせて私をさとしました。

硬直した顔で「そんなこと関係ないですよ」とかわしたものの、建築家はさらに続けます。

「アイツのマンションさ、男の一人暮らしなのにやけに掃除道具が多いだろ? あちこちの女がつくしてるワケよ。食器もやたら高いものが多くてさ。え？　驚いた？　あれ全部アイツが揃えたんじゃないからね」

いつ訪ねても整然と片づいている彼の部屋の一つ一つを検証するように建築家は喋り続けます。その間何度、「惚れたわけでもないのに」「一見熱心に見えるが」という言葉が出てきたか。

この人は何でも知っているのだろうか。

私よりずっと前から彼とつき合いがあるのなら、私が知らない彼の性質まで、この建築家は見抜いているのかもしれない。

「何事も深く考えない」――そう言われると、万事がそのように思えてきます。

もしかしたら私が勝手に好かれていると思っていただけで、彼に対して独り相撲をとっていただけかもしれない。現に私は目の前の建築家に何一つ言い返せずにいる。

彼に話してしまえばいいのだろうか。でも、もしこんなことを彼に尋ねて軽蔑されたら、嫌われたらどうしよう。

そう思うと体中の力が抜けていくようでした。

考えがまとまらないまま彼と待ち合わせたカフェに座っていると、これまで共に通過してきた季節と、たくさんの場面が次々と思い出されてきました。

手にたくさんの書類を抱えて時間通りにやってきた彼は、今まで見たこともないくらい優しい笑顔でした。私はいつものようにコーヒーにする？　と尋ね、彼は「そうだね。それと同じものをたのむ」と言うなり、最近少し太ったようだ、などとたわいもないことを話し始めました。

その楽しげな表情と私の不安はとてもアンバランスで、空返事しか返すことができないまま、時間が過ぎていくようでした。

その頃の私は、彼のことに関して些細なことでも不安を抱き、それを自分の胸にしまっておくことができなかったのです。

そんな私の未熟さ、性急さが、いつも言葉や行動を先走りさせるのでした。

話の切れ目に思い切って聞きたいことがあると、建築家に言われたことを一気に話しました。

「もしかしたら私は勘違いしていたのかもしれない」

そう言った途端、さっきまでのコーヒーの香りを含んだやわらかい空気は流れを止めました。

ドラマの世界ならヒロインは心密かに悩み続けるはずです。その方が美しい上、相手に対してもカドが立たない。それが分かっていても、このままでは、またこの迷路から抜け出せないと必死でした。

　私はさらに聞きました。

「あなたは自分を慕ってくる私に、ただ親切にしてくれただけで、何も深く考えてなかったの？」

「何を言ってるんだ」

　その言葉に彼は、いきなり表情を変えました。

「こんな風に言う私は、この先きっとあなたの重荷になるわ。そうなってあなたと離れてしまうのは辛いの」

　すると彼は泣き出した私から目をそらさず言いました。

「俺に気持ちがなくなった時は、君の前からいなくなる。でも、今はここにいるんだ」

　私が黙っていると、彼は確かめるように言いました。

「俺が信じられないのか」

　その顔には、この店に入ってきた時の彼とはうって変わった、失望がにじんでいました。

「俺が言ったことに傷つくならまだしも、今までしてきたことを見ていれば、他人の言葉などに振り回されないはずだ」

そこに問題があると指摘する彼の目は、微妙な悲しさも含んでいたのです。

第2章　成熟する愛は形が変わる

愛情よりつき合い方を優先するあやうさ

「今、つき合ってる人いる？　どんなおつき合いなの？」

こんな質問を向けられ、不快感を感じるようになったのは、彼と私の結びつきが揺るぎないものに変わってきたせいか。

愛する人とどう関わるかは、後からついてくるもの。肝心なのはスタイルや最終目標より、その愛によって自分がどうなるかだと考えるようになったからです。

そんな恋する私のもとには、様々な恋愛相談が持ちかけられました。

夕暮れ時の美しい空を見ると、いたたまれなくなると派遣会社に勤める友人から、ひんぱんに電話が来たのもこの頃です。

「今すぐ仕事を放り出して彼に会いに行きたい」。

恋人の様子が最近おかしいと思い始めていた彼女のその言葉は、とても切羽詰まっていました。

「私達別れるかもしれない」――私は美しい友人から何度同じ言葉を聞かされたかしれません。

すでに三年近くつき合ってきたのに、彼が結婚しようと言わない。そのことに三十代半ばの彼女は、裏切られた気分になっていたのです。

何かにつけてぶつかり合う二人は、まるでケンカをするために会っているようなカップルでした。私から見るとそれは互いの見解の違いに目くじらを立てて、いつもどちらが正しいかばかりを追究する、検事と弁護士のようにも映ったのです。

彼と意見が対立するたびに彼女は電話してきて、「このままでは終われないのよ」と、苦し紛れに言います。

結婚する気がない彼と、結婚が最終目的の彼女の対立。結婚に価値を置かない彼と、結婚が最大級の愛情の証《あかし》と信じる彼女。

彼は彼女を一人の女性として愛するだけで十分と思い、彼女は彼が自分を愛しているなら結婚に踏み切るはずと引きません。

すぐに解決のつかない「結婚」という壁は、二人にとって動かし難い障害でした。

自分の思い通りに動かない彼に苛立ちながら、その一方で、彼女は夜になるといつも電話をかけ、職場のそばまでタクシーを飛ばして会いに行くのです。

たくさんの否定的な感情を抱えながらも行動する時、そこにはまだ相手に対する捨てきれない愛情があると聞いたことがあります。

そんな二人は私から見ると、恋愛の綱引きをしているようでした。より強く綱を引っぱった方が、相手を自分の考えに近づけられる根比べ。彼女は彼の嫉妬心を煽《あお》ろうと見合いを繰り返し、頑《かたく》なに結婚を承諾しない彼の心を何とか動かそうと必死でした。

自分が正しいとばかりに、相手の言い分を認めない二人に安らぎはありませんでした。積もり積もった疲労感やストレスを自分の中に押しとどめ、「今日は早く帰ってビール飲んで寝たい」「もっとデートに時間さいてよ」など、ささいなことも、過敏になってお互い本音が言えないのです。

こんな方法で男性の絶対的な愛情を手に入れようとしても、「どうせアイツは自分に惚れてるから」と、つき合いが長くなるにつれ、男性に軽く扱われてしまうのがオチだと彼女に言いました。あるいは「くたびれた。もう、いいよ」と、あっさり手を離されるかもしれません。

彼女は彼といることでいつもストレスを溜め、イライラしながら先が見えなくなっています。

そんな二人は強くひかれ合いながらも、共に暗い森に迷い込んでいるようでした。

考えてみると、人の心を型にはめ込むことはできても、型をもって心を作り出すことはできません。

結婚できる恋、自分の願いを叶えてくれる恋であれば、その人を深く、長く、愛することができるのでしょうか。

運命の相手に試練は付き物とよく聞きます。時には、全てを失くしてどん底の時に、たまたま通りかかった人が、運命の相手かもしれません。

また、「相性、価値観が一致する、しない」は、それ自体が重大な問題でしょうか。本当に愛していれば、結婚も含めたほとんどのことは、時間をかけて調整できるはずなのです。愛に絶対条件はないはずですから。

第一に、誰かに深く心を動かされるということは、その人の存在によって、どんな時も強く生かされる命の輝きが得られます。そんな愛を前にすると、全ては枝葉のことに思えるのです。

私自身、愛情表現しない彼に、もっと分かりやすく積極的に動いてくれればどんなに楽だろうと思ったことは何度もありました。けれど、それが「合わない」「疲れる」といった結論に至らなかったのは、彼といることで変わっていく自分を「好きだ」と思えたからです。

「もっと自分に自信を持て」と言われてきた私は、行動力のある反面、これでいいのかと考え過ぎて動けなくなることもたびたびありましたが、彼を愛したことで、いつも大きな安心感に包まれていました。そんな彼の存在がどれほど自分を強めるのか、究極の場面で身をもって体験したのです。

ある時、雑誌の撮影で太平洋の島を訪れた私は、珊瑚礁にポッカリと浮かぶ宝石のようなその島の山の中を歩き回るうち、ガイドとはぐれてしまったのです。あたりを歩き回ってはみたものの、荷物を下ろした場所には何もなく、みんなは私が誰かと先に港に向かったと勘違いして移動したようでした。

陽はゆっくりと沈み始め、私が取り残された密林は次第に妖気をただよわせ、いくら叫んでもその声は、不気味に広がる湿原に吸い込まれていきました。

とんでもないことになってしまった。

まるで映画のような予想だにしなかった出来事に、心臓は張り裂けそうでした。

きっとガイドが私を探し出してくれるだろうという思いと、もしかしたらこのジャングルから生きて出られないかもしれないという不安が交錯し、私はパニックになったのです。

私の後ろからはガサガサと葉ずれの音が近づき、もしかしたら毒蛇が近づいてきているのかもしれないと戦慄が走りました。

どうしよう。

足元は底なし沼のようにぬかるんでいます。

私はもと来た方向へと、足が地に着くかどうか分からないほどの速さで走りました。

靴の下からは泥のかたまりがはね上がり、私の後ろに飛び散っていきます。

何が潜んでいるか分からないジャングルで、強い死の恐怖にとらわれながら、出発前に彼と話ができなかったことが頭をよぎりました。

「電話する」と言われたものの、行き違ったまま、私は太平洋へ飛び立ったのです。

ここで帰れなくなったら、彼にもう会えない。

私の中のとてつもない恐怖心は、彼を想うことで徐々に別な方向に傾いていき、どうすればいいのか、走るのをやめて考えようと気を取り直したのです。

「山で道に迷ったら、やたら動かないことだ」

長野で知り合った登山家が、「パニックになって動き回ると遭難の危険が増す上、体力も消耗してしまう」と言っていたことを思い出し、私は、大きな叫び声を上げ助けを求めました。

真っ暗な密林で叫ぶことは、それ自体、めまいがするほどの孤独感を突きつけられますが、「きっと誰かが気付いてくれる。今できる手だてはこれしかない」と繰り返し自分を励まし、声を張り上げたのです。

彼に今回の旅のプランを話した時のことが浮かびました。

私が巨石の塔があると言い伝えられているこの島に、どうしても行ってみたいと話した時、彼は格別驚きもせず、ただこちらの話を聞いているようでした。ところが一週間後、遠慮がちに電話があり、「必ず帰ってくるように」と言ってきたのです。

電話からは車の音や街の騒音が聞こえてきました。外出中にかけてくるとは、内心、心配していたんだろうかと思いました。

彼は、いつもギリギリの気持ちで大切なことを伝えてきたからです。

そして今、私をとらえているのは、あの時の彼の言葉でした。

私は早く誰かが見つけてくれるように、さらに前後左右、いろんな方向へ叫び続けました。

私は帰る。彼にまた会うために、絶対に帰らなくては。

闇に覆われた密林で、助けを求め続けた私は、一時間後、私を探しにもどってきたガイドによって助けられました。

帰国した私を出迎えたのは、彼からの手紙でした。それは出発前、私に送られたもので行き違いになっていたのです。

手紙には「心からの無事を祈っている」と、綴られていました。

私は彼を好きになったのでない。

私は深い恋に落ちたのだと思いました。

どんな時も、それが私を強く生かしていたのです。あの時、もし私に彼という人がいなければ、あのジャングルで私は冷静になれただろうか。

現在進行形で愛が育っている実感は、人をどこまでも強くします。そんな確信は、どんな男性も与えてくれなかったものでした。

かけがえのない「瞳のりんご」

私に限らず、映画のような、ドラマチックな出来事は愛がつのっていく段階ではいくつも起きるものです。

あの頃をピークと考えると、私達の恋はゆるやかな下り坂にさしかかっている気がしてなりませんでした。

彼はいったん決めた予定を変更してくることもたびたびで、自分は軽くあしらわれているのかと腹を立てるのも、日常茶飯事でした。精神科医の友人に「恋人から大切にされてないと思ってる女性って多いの?」と、それとなく尋ねると、

「昨日や今日始まったばかりの恋は映画のようだけど、時間がたつと恋愛は形を変えていくものよ。それを『関係が熟している』ととらえないと」

と、恋愛談義に花を咲かせます。相変わらず女性達のカウンセリングに追われる彼女は、男女がスレ違ういくつものポイントを押さえていました。

「この頃気付いたんだけど、世間では、いつも失恋したような気分になっている人が多いの。たとえば、誕生日やクリスマス、バレンタインに何かあげても、『ありがとう』の一言も戻ってこない。待ち合わせには遅れ、電話もかかってこなくなる、そうなると女性は彼がさめてしまったと思うのよ」

友人は、まるで失恋したかのような「プチ失恋」と呼ばれる軽い鬱状態におちいる女性達について話し出しました。

「彼女達って、進化する人間関係を間違えて解釈してしまうのよ。男と女が出会ったままの興奮状態でいつまでもいられるわけがない。今までと何か違うと感じても、人は時間と共に変わっていく、それは正常なことよ」と専門家の立場で自分の理論を展開します。

好きという素直な感性から行動する女性と、本当の気持ちから行動できない男性の恋に対する温度差。

彼女がカウンセリングをする中でつかんだ男女の明確な違いは、そのまま私達の関係にも当てはまりました。

失恋したような淋しさや悲しさをいつも引きずって、時にそれが現実より重くのしかかっていたからです。

「彼はまだ、私を好きだろうか」――そんな疑問は私の中で、行きつ戻りつしながらうまくいかなくなる男女のビジョンを作ることがあったからです。

ある時、彼がとてもくたびれた顔で「この頃忙しいせいか、昔は何でもなかったことが煩わしくなってきた」と言いました。

街角の小さなカフェでお昼を食べていた時です。

心配になった私は、それがどんなことか尋ねると、パソコンで地図を検索すること、細かい数字を計算すること、手紙を書くことと答えました。

私は何も言えず物思いに沈む彼を見ていました。

彼は何か、もっと別なことを私に言おうとしているのではないか、そう思ったからです。

恋が始まった頃の彼の目は光り輝いていたのに、今の彼は伏せ目がちで何か重大な決意を抱えているような感じさえしました。

彼は迷っているのだろうか。単に仕事が大変なだけか。

私は以前、イギリスの書店員に聞いたシェークスピアの言葉を思い出しました。それはApple of his eye――「彼の目のりんご」という言葉です。このりんごとは、一番好きな人、この人以外はいない、唯一無二な存在の人を表す独特な表現でした。

「目の中にある瞳孔《どうこう》は、イギリスの人々によって長い間りんごだと信じられ、多くの人が目の中にはりんごがあると思っていた。つまり、瞳孔を失うと盲目になるように、りんごという一番大切なものがなくなると、人は何もできなくなるというたとえなんだ」

あの時、書店員から聞いた話が、よみがえってきたのです。

私は再び勇気を出して、「何を食べても美味しいと思わないし、食欲もなくなった」と言う彼の表情を見ようとしました。けれど、彼の視線は手元のスープ皿に落とされています。

長い沈黙の後、

「でも……」

と、彼の口元がゆっくりと動きました。

「えっ？」

私は彼の心をのぞき込むように次の言葉に身構えました。

「でも、今日はうまい」

その言葉に私の中でつかえていたものが流れ落ち、彼の瞳にりんごが見えたような気がしました。少し照れたようにせわしなくスプーンを動かす彼に、よかったわと笑いながら、私もつられるようにパンを頬張ったのでした。

私は今も変わらず、彼の心の支えになっている。そう思わなければ。

喜怒哀楽をあらわさない男性と向き合っていると、ふとこぼれてくる言葉や行動の中に、ダイヤモンドのような輝きが見えることがあります。そこには彼の真実が込められているからです。

何かを相手に求めて満たされるより、大切にしたい思い。

いつか、「どれだけ相手を大事にしたいと思うかで、愛の深さは計れる」と聞いたことがありました。そんな気持ちが続く限り愛情はこわれないのだと。

私にとってはそう思える相手に巡り会ったことが大きな喜びでした。

季節は冬に差しかかっていました。

その一週間は街にひらひらと雪が舞い始めていましたが、それが余りに弱々しいので、日中はほとんど話題にのぼることもありませんでした。

どんよりとした空の中、イギリスに向かった私は帰国してすぐに、彼が交通事故に遭ったことを知りました。大事には至らなかったものの、右脚の打撲がひどく当分の間歩くことが困難だよと言うのです。

さらに部下からは、社運をかけて始めたあるメーカーへの広告プレゼンテーションが、親しいデザイナーによって他社に流れてしまったと聞かされ、大きな衝撃を受けました。

これまでずっと一緒に仕事をしてきた人達との対立は日を追うごとに激しくなり、精神的に追いつめられていくのが分かりました。

けがの痛みを抱えながら仕事に追われる彼に、こんな話を打ち明けていいものか気がとがめましたが、最後はメーカーまで巻き込み問題は深刻化するばかりでした。ついに私はやむにやまれず、仕事中の彼にすがる思いで電話をかけたのです。私の疲れ切った声を聞いた彼は「待ってて、すぐに行くから」と、電話を切りました。

いつもの喫茶店の前で、震えながら彼の乗ったタクシーを待ち続ける間、綿毛のような雪が、私の肩につもっていきました。

やがて店の前の歩道に止まったタクシーから、ゆっくりと降りてきた彼は、慣れない松葉杖に寄りかかりながら「抜けてきたよ。早かっただろう」と、わざとおどけた口調で言いました。体を揺らし歩く姿に「ごめんなさい。大丈夫なの?」と聞くと、「俺のことはいいから」と、席に着くなり何があったのか私の話を聞こうとしました。

相手に犠牲的な献身を望んでいたわけではなかったのに、この日の彼の行動は出会った頃の愛を思い起こさせました。

この人はどんな時でも私を受け止めてくれる。

時折、脚をさすりながらも話し続ける姿に、いつか彼が私に言った「俺が信じられないのか」という言葉の真意を見たような思いでした。

あれは、本気だったんだ――。

疲れているのか彼の声はいつもよりかすれていましたが、こうして会えたことで私の悩みは緩和され、再び仕事に立ち向かう勇気が出てきました。

その時の私は、彼の優しさにふれたことに深く満たされ、二人の絆を改めて確信できたからです。

幸せを疑い、不幸を待つ心理

幸せを疑う人がいます。

自分が余りに幸せすぎる時、「うまくいきすぎていておかしい。こんな状態は一時の出来事で、やがて消えてなくなるに違いないから、その時のために心の準備をしておかなければ」という考え方です。私も時にそんな思いにとらわれました。

長く恋人がいなかった女友達が、四十にして意中の男性に好きだと言われました。休暇を合わせ、彼とハワイに旅立った彼女は、幸せの絶頂にいるように見えました。

ハワイ旅行に出かける前日、彼女は私の家にやってきてこう言ったのです。

「今度の彼とはうまくいくかもしれない。つき合い始めて一ヵ月しかたってないのに、話がとんとん拍子で進んでるのよ。彼は私に合い鍵もくれたし、ハワイ旅行のお金も出してくれたし」

「すごいじゃない。よかったわね」と喜ぶ私に、彼女は憂鬱そうな顔で「だから心配なのよ」と答えました。

この先にきっと落とし穴が待っている気がする。今、はしゃぎすぎると後で傷つくことになるから、ダメになった時のために心の準備をしておくの。

私は彼女の不安な気持ちがとてもよく分かりました。

彼女はこれまで何人かの男性と恋をしましたが、結婚の話が出るかどうかの段階で、いつも関係がこわれてしまうのです。

そんな経験から今度こそはと、控えめに恋人と接触してみたり、短期決戦で双方の親に会うところまでさっさとこぎつけるのです。が、あと少しというところで決まって男性側から「もう少し待ってほしい」と保留にされると言うのです。

「心配なの。今度傷ついたら、もう立ち直れないわ。私はね、今の彼と相思相愛になった嬉しさより、裏切られる不安の方が大きいのよ。明日ハワイに行くのに、おかしいでしょ」

私はそんな心情を語り続ける彼女を痛々しく思いました。

「大丈夫よ。きっと」

けれど、そう言う私の中にも「彼女はこの恋も中途挫折するのではないか」という思いがありました。

友人はハワイで恋人に逆プロポーズするつもりでした。さっさと固めるだけ固めないと幸せが逃げていくから、と。

突き進む情熱は相変わらずあるものの、用心深く自分を守ろうとする彼女。

そんな彼女に「彼が本当に好きなの？　これまで出会った誰よりも好きなの？」と、つい尋ねてみたくなったのも、こうして、ああして、こうなってという恋の戦略に、頭と心のほとんどを奪われている気がしたからでした。

その後、ハワイからもどった彼女から電話がありました。旅先でいろいろあって彼とダメになりそうという話に、やっぱりと思ったものです。

不幸を予測する彼女は、幸せに追いつけず、不幸に追いつかれてしまったのだ。

彼女の報告を聞いた直後、なぜか悲しい予感がよぎりました。

その頃、私の中でも彼に連絡をすることに、前にも増してためらいを感じていたからです。

「話せるだろうか」「今、忙しいんじゃないか」と、山ほどのいらぬ心配をクリアしなければ電話一本できなくなった自分。

その根底には友人と同じく、彼との幸せな状態がもう長く続かないかもしれないという不安が常にあったのです。自分自身と表裏一体となった彼の存在。その大きさは、すでに私の中で一人では生きていけないというプレッシャーになっていたのです。

彼と私の環境は、ある時期を境にガラリと様変わりしました。外資系クライアント獲得に、他社とのコンペに忙殺される彼は東京にいない日が多くなり、常に何かに追い立てられているような切迫感がありました。

彼の飾らない性格は昔のままでありながらも、表面は少しずつ変わっていました。接待は毎晩のように続き、著名人や大手企業のトップとのつき合いの合間にできる小間切れの時間に合わせるように、会う場所も街角の喫茶店から一流ホテルのロビーに変わっていったのです。

私も国内、海外と出張が増え、これまで知らなかった世界の中で新しい人達との出会いが続きました。

それは私にとって力強い刺激となり、自分の人生はまだまだ無限に広がっていくのだと自信を深めたのです。

けれど、どれほど仕事で達成感を得たとしても、溢れるエネルギーはいつも女性としての自分を補強するため使い果たされました。愛されることに自信のない自分を、仕事で得た力によって立て直し、彼に会う。

こんなサイクルが私を支えていたのです。

収入は少しずつ上昇し、公園を見下ろす閑静な住宅地に、広いマンションも購入しました。彼との関わり以外、人生は全て順調だったのです。

けれどその一方で、これだけ多くのものを武具にしなければ彼に近づけない気弱さは、一体どこからくるのだろうと思いました。

何かを得なければ近づけない、こんな恋はむしろ不自然なのではないかと。

ある晩、早々に仕事を切り上げた私は、串焼きを食べに行こうと、本当に久しく彼と待ち合わせました。

そこは、東京の下町。木造建物が建ち並ぶ一角でした。

手ぶらの彼は、私を見つけると両手を上げて顔をほころばせました。

「資料は全部会社に置いてきたよ」

そう言いながらそばにやってくると、雨が降りそうだなと傘を持たないで来た私を見て言いました。

「待ってて。そこのコンビニでビニール傘を買ってくるから」

すると彼は、あとでいいよと引き止め、

「ところで、君は今、何をしている時が一番楽しいの」と風のように尋ねました。

最近では、会うとまず自分の話をする彼が、私の考えについて尋ねてきたことが意外でした。

「しばらく考えさせて」と、思いをめぐらせる私。

私にとっての一番楽しい時はどんな時だろう――。

少しの間《ま》のあと、私は顔を上げてこう言いました。

「それは私があなたと待ち合わせしている喫茶店に入ること。そしたら私を待っていたあなたは『コーヒーでも飲む?』と尋ねるの。それで私が『ええ、そうね。そしたらあなたも、もう一杯たのむ?』と聞くのよ……」

「それが一番楽しいこと?」

少し首を傾げた彼は、目を細めて私の答えを待ちます。

その顔に宿ったあたたかい光は、まぎれもなく私に注がれていました。

「いいえ、違うわ。よく考えたらそれは楽しいことじゃないわ。一番幸せなことよ。あなたには普通のことでも、私にとっては自分の人生を全部圧縮してペチャンコにつぶしても、それだけはいつも立ち上がってくるぐらい幸せなことだわ」

そう言ったとたん、ふいに涙が溢れてきました。

ああ、やっと言えた。今だから言えた。そうなんだ。何があっても、これが私の本心なんだ。

あなたと出会えたこと。今、こうして一緒にいられること。それが私にとっては何より楽しくて、幸せなことになっている。

するとの彼はしばらくの間、黙って私を見つめていました。そのあと何度もうなずいて

「よく分かった。ありがとう」と言った後、

「さあ、行こうか」と、迷路のような下町の路地を、私より先に歩き始めたのでした。

第3章　喪失

突然の別れ

人は思い描いた通りの未来しか手に入れることはできない——とはものの本によく書かれていることです。

今や売れっ子の心理カウンセラーとなった友人は、何かにつけて「彼とこうなりたいと思う姿を想像しましょう」と相談に訪れる女性達に語りかけ、夢を現実にするのだと言っていました。

常に論理性を重要視する彼女は、恋愛も、人生も、なせば成るの発想で諦めたら全ての可能性が閉じてしまうと疑いません。

私も彼に出会うまでは、仕事も人間関係も、望めばきっとうまくいくという強いイメージを持って前進してきました。

その結果、十代の頃「将来こんな風になれたらいいな」と漠然と思い描いていたカタチが現実になっていたのです。会社経営、理想の住まいを購入すること、そして本の執筆。

けれど、恋は思うようには進みません。

それは自分の意志に相手の気持ちや状況が複雑にからんで、思わぬ方向に事態を進展させるからです。

「好き」と言ってオウム返しに「僕も好きだよ」とならないのが恋愛です。

ただの知り合い、あるいは友達の時は「とてもいい人」だった男性が、恋の相手になった途端、プライドやわがままなど難解な側面をむき出しにして関係がギクシャクしだす。

これも恋愛においてよくある話です。

「自分が好意で動けば、相手も必ずそれに応えてくれるだろう」

「彼とはしばらく話してないから、きっと淋しいにちがいない」

などの推測が、時にどんでん返しとなるのも、そこには時と共に変わっていく人の感情や状況があるからです。

それは私達においても同じでした。

仕事について語る彼の口から、前にも増して立派な企業の名前が次々と出るたび、彼の環境は大きく変化しているのだと思いました。それが名声や成功につながるものであれば、いずれ彼は手の届かない場所に行ってしまうのではないか。

自分の変化を語る彼と、ただそれを聞くばかりの私。二人の関係は、微妙なバランスで静止するヤジロベエのようでした。

ますます忙しくなった私の一日も、仕事に向かう時間だけが拡大していきました。新しい変化は私にも訪れていたのです。

けれど、その都度「これで本当にいいのだろうか」と立ち止まり、思案にくれたのも事実です。

すでに彼は、これまでとは違う人生のレールに乗ったかのようでした。そして私のレールは彼のそれとは逆の方向に延びているように思えたのです。

もし私が突き進めば、気がついた時にはお互いが違う場所に立っているのではないか。そうなったら後悔してもしきれない。

そんな迷いが、仕事や人間関係において、いつも私のたもとを引っぱって動き出せずにいたのです。

こんな気遣いが私の独りよがりかもしれないと考え始めたのは、とても些細な出来事からでした。

雑誌の撮影で約二週間、シルクロードの玄関口、西安に出かけた私は、連日黄砂を含んだ強い風の中をカメラを持って走り回ったあげく、のどを痛めてしまいました。

西安のホテルで熱にうなされながら真っ白な天井をながめていると、窓の外からは自転車で大通りを走る人々の喚声が聞こえてきます。

それは天山山脈を駆け抜けるこだまのように響き、自分は本当に遠いところに来ているのだなと改めて思いました。

私は薬で朦朧《もうろう》とした身体をふるい立たせ、ホテルのそばにある市場に買い物に出かけました。

昼間なのにまるで土間にいるようなヒヤリとした空気が漂う裏路地。そこに並ぶ、誰によって作られたのか分からない民芸品は、影絵芝居に使われる操り人形や切り絵など、見たこともないものばかりでした。歩き続けた私は、一軒の土産物屋の前で立ち止まりました。そこでほとんど一瞬にして兵馬俑《へいばよう》坑で見た小さな兵士の埴輪に魅せられたのです。

ザラリとした感触の埴輪。それを箱に入れてもらうと、気分はかなり落ち着きました。

帰ったらこれを彼に渡そう。

それは心を込めて選んだおみやげというより、彼に会うために必要な口実にも思えました。

こんなところに来てまで、私は彼という人を頭から切り離せない。中国に行こうが、ヨーロッパに行こうが、たとえ何ヵ月会わなかったとしても、私は常に彼とのかかわりを軸に、何かを考えたり、行動したりするのだと思いました。

それほど大きな気持ちがあるのに、今は、このおみやげがなくては、すんなり彼に近づけない何かがあるのです。

帰国した私は、しばらくぶりに彼に電話をしました。

「帰ってきたわ」

「えっ?」

彼は、少し言葉がもつれて、どこに行っていたのと聞きました。

「出発前に西安に行くって……」

「あーあ、そうだった」

そう言うなり彼は西安はどうだったかも聞かず、制作中のコマーシャルの話を始めました。

私が海外に出ていることすら忘れていた彼は、今進めている新しいクライアントとの折衝で頭が一杯の様子でした。こんな極端な反応は予想していなかったものの、今の彼なら充分に起こりえることだと思いました。

私は渡したいものがあるからと、会う日にちと時間を約束し、電話を切りました。たとえ何かに夢中になっていても、会えば優しい、いつもの彼に戻るだろうと期待していたからです。

私達は北風が吹きつける、街路樹の枝の先までが凍りつくような冬の日の午後、いつもの街角の喫茶店で落ち合いました。

しばらくぶりに見る彼は、カシミアのコートを身にまとい、ヨーロッパの紳士のような出で立ちでした。

彼はせわしなくコーヒーを注文すると、人を待たせているので長居できないと言いました。

積み木が一つ、コトンと音を立てて崩れます。

まず私は、膝の上に置いた兵士の埴輪が入った箱をおずおずと渡しました。すると彼は目を丸くして「何?」と聞き、私はとってつけたように秦の始皇帝が眠る兵馬俑《へいばよう》坑の歴史をかいつまんで、その埴輪の由来を話しました。

西安はシルクロードの始まり。かつては唐の都、長安があったのだと。

すると彼は早く中を見たいなと、嬉しそうにその箱を振るそぶりをしました。

「シルクロードは、テレビで見て一度は行ってみたいと思ってた所なんだ。行けばきっと感動するんだろうな」

　そんな彼の陽気さにほっとしながらも、なぜかこの喫茶店を出ていく時、私はどんな気持ちでいるんだろうと思いました。

　止まらない砂時計がサラサラと流れ始めます。

「でも、今となってはいつ実現するか分からない夢になった。いばるわけじゃないけれど、この数ヵ月、仕事が異常に忙しくなって、自分のことなど何も考えられなくなった」

　彼が何かを言うごとに、積み木が一つずつ転がっていきます。

「前とは違うんだ。何もかもが。このままあっという間に何年も過ぎていくよ、きっと」

　私はそう、と相づちを打って
「でも、いいわ。それでもあなたにこうして会えたから」

とつぶやきました。すると彼は少しの沈黙のあと、溜めていたものを吐き出すように言ったのです。

「でも、これからは分からない。いつも、こうして会えるかどうか」

　彼のこげ茶色の瞳の奥にあるりんごは消えていました。

音を立てて転げ、散乱する四角い積み木。それらが心のひだにかろうじて引っかかっています。

「では、……もう、あなたに会えないの?」

絞り出すような一言に彼は違うと、語気を荒らげました。

「時間がないわけじゃない。時間は、作ろうと思えば作れるんだ。でも、今言いたいのは……」

彼はテーブルを見つめ「どう言えばいいか……」と繰り返しながら適切な言葉を探していました。こんなにせっぱ詰まった彼の顔を、私は見たことがありません。

私達は終わってしまうのか。まさか。

恐怖が体中に電流のように走り、私は息をのむようにゆっくりと彼の動く口元を見つめました。

「前に、松葉杖で君に会いに来たことがあったけど、実はあの時もとても忙しくて、それでも君が待っていると思って動いたんだ。それが君には分からない……」

私が彼と知り合って一番感動したあの場面。それなのに彼は何を言おうというのだろうか。

「そんな風に言わないで。あの時のことに私はずっと感謝してきたのに」

微妙にズレた歯車の一つが音を立ててクラッシュします。すると彼は思いの丈を吐き出すように言いました。

「あの時だって中途半端にしか相談にのれなかった。結果的に君が抱える問題の解決もできなくて、ほとんど意味をなさなかった。もっと俺に時間があれば違う展開もあったはずなのに。あの時、無理して会ったりしても、それはつじつま合わせでしかないと思ったんだ」

コーヒーカップを置く音がガチャンと響きます。

私はますます恐ろしくなりました。

彼のこの考えは一体どこからくるのだろう。

松葉杖をついてやって来てくれたのは、彼の純粋な愛情から出たのではなく、やむにやまれず動いたことだったのか。

彼の愛情が確かに伝わったあの日のことが、実は彼の負担になっていたという衝撃は、私をたちまち絶望の淵に叩きつけてしまいました。

あの時、私はこれまでにないほどの彼の優しさにふれて、世界一幸福な思いに包まれていたのに。

私にとっては大きな意味のあることが、すでに彼にとっては何の価値もなくなっているのかもしれない。それどころか、足かせになっている。

砂時計はあと少しで流れきってしまうというのに、私はこれ以上、何を言えばいいのか分からなくなってしまいました。

今、目の前で起きていることの全ては悪夢のようです。

「分からないわ。あなたの考えていることが。私は、これまであなたに無理をさせたつもりも、したつもりもない」

彼はふるえる声を聞き、「君はいつもこちらのことを分かろうとしない。そういうことじゃないんだ」と、私を責め始めました。もう二人の会話は完全にかみ合わなくなっていたのです。

「今日だって、何かあったのかと思って来てみれば」

「私は、あなたに会いたくて、どうしても会いたくてここに来たのよ」

砂時計の最後の一粒までが落ちてしまいました。

彼はあわただしくカシミアのコートをはおると、涙のあとがついた私の顔を見て「今の状況を分かってほしい」と別れの挨拶までを遮ってしまいました。

愛情のかけらすら見られない後ろ姿。

何があっても、会えばあたたかく私を受け入れてくれた、あの人は消えてしまったのです。

「俺に気持ちがなくなったら君の前からいなくなる」

いつか彼が言ったあの言葉が胸をしめつけています。

彼と別れた数分後、私は自分達に何が起きたのか考える余裕もなく、見慣れたいつもの街を歩き出していました。

彼が残していったもの

天を射抜くようなビル群のすき間を、格別に大きな夕日がゆっくりと落ちていきます。私の頭はまっぷたつに割れ、ついさっきまでの彼とのやりとりを反復しながらも、もう片方では自分の言いたいことを聴いてくれる人がいやしないかと、縦に横に伸び縮みする町を歩き続けました。

今頃、彼はどこで何をして、何を考えているのだろう。私が渡した西安のおみやげ。あの兵士の埴輪を彼はどんな気持ちで持ち帰ったのかと考えました。

いつもの駅、いつもの電車に乗ってカバンを抱えた小さな自分が、長いトンネルを抜けるように通過していきます。

それはまるで都会という巨大な歯車の中で電気仕掛けのおもちゃが、意思を抜き取られ、カタカタと直線歩きをしているようでした。

彼のことを考えながら乗った電車。

声を聞こうと、あわてて駆け込んだ電話ボックス。

何度も振り返りながら彼と別れた交差点。

彼と歩き続けた街路樹の道。

飛び乗ったタクシーの窓を開け、通りの向こうから大きく手を振る彼を見つけた時の嬉しさ。

目に入るあらゆる景色の中に、ついさっきまで彼はいたのです。

私は電池の切れた人形が、最後にゆっくりと音もなく停止して、世の中の全てのエネルギーの扉が一つずつ閉じていく気配を感じました。

「お客さん、ここでいいんですか。着きましたよ」

後部座席を振り返るタクシーの運転手に、何度も声をかけられていたことにやっと気付くと、サイフの底にたまっていた小銭を数えて「ご苦労さま」と、その手に渡しました。

彼と別れてまだ数時間しかたっていないのに、私は随分と長い間、見知らぬ町を旅をしてきたようだと思いました。

玄関ドアを開け薄暗い部屋のランプを一つだけつけると、夕刻から夜にかわる群青色の空気が私の周りに集まってきます。

記憶の中の松葉杖をついた彼を何度も思い返そうとしました。通りに立って待っていた私を見つけて、ゆっくりとタクシーを降りてきた彼の暖かいまなざし。

「あの時間は、意味がなかった」

彼の言葉が、記憶の中の二人の残像を黒い墨で塗りつぶしていきます。

これまで見たこともなかったような冷酷なあの表情は、都会ですれ違う見知らぬ人のようだった。

すると私は、これからどうすればいいのか。

夜がすすむにつれて漆黒の沼が足元に広がっていくようです。

ソファにすわったまま身動きの取れない自分は、やはりショック状態なのだと思いました。

この部屋を見下ろす、柱時計のコチコチコチコチと時を刻む音だけが響きわたる空間。ここは今朝見たリビングとは別の場所に思えました。

何も考えられない私は、いつもしていることを順番に片付けようと、シャワーを浴び、何か食べようと冷蔵庫を開けました。けれどコーヒーもサンドウィッチも、液体とただの固まりのようで、何を口にしても味がありません。

やはり今は普通ではないのだと、自分に言い聞かせベッドに横になりました。毛布をかぶった私は今すぐ誰かと話さなければと、精神科医の友人に電話をしたのです。私は、本当に誰かの声が聴きたかったのです。

カウンセリングを終えて帰宅した友人は、珍しく家に電話をよこした私の声にとても喜んでくれました。

しばらくは私の止まらない世間話を面白がって聞いていたものの、途中で「あなた、どうしたの。もう一時間以上も喋り続けているのよ」と声を曇らせました。

「何かあったの？」

と、聞く彼女に「何も、ただ話がしたいのよ。もう少しいいでしょ」と哀願する私。

「今日はもう疲れたわ。明日も早いのよ。それにあなた、さっきからずっと同じことばかり喋ってるわよ」

「え？　同じことって何？」

「自分の話よ。いつもは自慢をしないあなたなのに、誰それが自分の車を誉めてくれたとか、今年は海外出張が多い、少しやせたみたいとか。同じ場所をぐるぐる回って会話が迷宮入りしてるわ。ねえ、自分で何を喋ってるか分からないんじゃないの？」

そう言われた私は、これ以上、友人の時間をつぶすことはできない。誰かに何を喋ってみても、心の嵐は収まらないと電話を切りました。

その途端、体中が急に寒くなり、神経的なわななきと、どうにもならない息苦しさが始まりました。

こんな夜は何とか眠りに就いて覚醒した頭を休めなければと、喉が焼けそうな強いウイスキーを飲み、そのまま横になりました。

かろうじて何とか数時間眠ったものの、翌朝早くに目覚めた私は、カーテン越しの外の明るさに「今日は天気だ」と再び目を閉じました。半分眠っている頭で、いつもと何かが違うと記憶をたどるうち、きのう起きた出来事が起き上がろうとした私の体を再びベッドに沈めました。

ああ、きのう私は彼を失ったのだ。

きのう彼が終止符を打ったのだから。

そう思った途端、途方もない無力感が波のように押し寄せてきました。

それはまるで、天が私に向かって落ちてくるような恐ろしさでした。

私は夜の終わりでもなく、一日の始まりでもないこんな朝を、これからどれだけ迎えていかなければいけないのだろう。

体はますますベッドに貼りついたように動けなくなりました。何も出来ない。動きたくない。

時間だけが意味もなく過ぎていきます。

しばらくしてやおらベッドから体を起こした私は、カタンと床に響く金属音に気付きました。それが、いつか彼が私に贈ってくれたキーホルダーだと分かった時、大変だと飛び起きたのです。

銀製のメタルがついたそれは、ここに落ちてますといわんばかりに床に届いた朝陽を受けてキラキラと光っていました。

彼と二人で歩いた町の古道具屋で偶然見つけたキーホルダー。ボートに乗って大海原を航海する天使が彫られた銀製のメタルには、空の部分に一つだけ小さなダイヤモンドが埋め込まれ、それがきらめく星をあらわしていました。

ショーケースに顔を近づけ「なんてきれいな世界かしら」と、感嘆する私の後ろから、彼の手が伸びた時の驚き。

「これを」と店主にお金を払うと、そのキーホルダーを私の手に握らせたのです。

顔を高揚させた私は、その美しいキーホルダーを見つめたまま「嬉しい。ずっと持っているわ。いつまでも大切にするわ」と言いました。

すると彼は「いつか何かを贈りたかったんだ」と照れたように言い、「君のお守りだね」と美しいメタルに彫られた世界を満足そうに見つめました。

記念日や贈り物には全く関心のなかった彼が買ってくれたキーホルダーは、唯一彼が残していったものでした。

出番を失った思い出の服、なつかしい曲との決別

しばらくの間、私はショック状態から抜け出せずにいました。数日間は、何も論理的に考えられず、仕事の合間でさえ、気持ちがゆるむと涙がこぼれるのです。

朝が来てもベッドから起き上がる気力もなく、何もかも放り出していつまでも眠っていたいと思うばかり。

仕事だからと無理に誰かと会っていても、その人を含めた周辺の様子は、音声なしの映像のように、自分とはかけ離れた世界で動いているように見えるのでした。

インタビューも打ち合わせも、何ひとつ頭に入らず、どんな情報も滑り落ちていく。まさに生ける屍《しかばね》のように、ただ日常をさまよっている自分は、すでにこの世から抹殺されたのではないかとさえ思いました。

「あなたが一番大切にしていたものを、なぜか分からぬまま彼がこわしてしまった」

それが呪文のように耳にこびりついていたのです。

どんな人でも、全ての愛が永遠に続くものではないと知っています。私もそうでした。誰かを好きになれば、「出会いと別れ」はいつも背中合せの運命だからです。人生経験を積むほどに、人と別れていくことへの免疫もついているはずでした。

まだ二十代の頃、ボーイフレンドと別れた時は、一人でいることがいたたまれず毎日いろんな男友達と晩ごはんを食べに出かけました。これ以上悶々とすることに耐えられず、借りてきた本やCDを全て箱につめて夜中にコンビニから宅配便で送り返し、これは終わった恋だと自分に言い聞かせたこともあります。

別なボーイフレンドと別れた時は別れて二週間後に、もっと好きだと思う男性があらわれ、地獄経由、天国行きの急行列車に乗ったような逆転劇にわきました。

そんな過去の経験をひとまとめにしてみても、この別れには歯が立ちません。

彼の存在は、すでに私の中心部にまで深く根をはっていたからです。

脳や心臓や血液の隅々にまで、彼の存在はDNAのように入り込んでいました。

どんなにぼんやりと町を歩いていても、彼の残骸がどこかに落ちていないかと、無意識のうちに探す自分。

その頃、私のことを彼の好みの女性ではないと言い切った、例の建築家が電話をかけてきました。もしや彼からのメッセージがあるのではないかと、受話器を持つ手は緊張でふるえましたが、彼の用は先日送った見積書を早急に確認してほしい、ただそれだけでした。

がっかりして「分かりました」と答える私に、建築家は、「何だか元気がないね。女は愛嬌がなきゃ好かれないよ」と声をたてて笑います。

その途端、この人は彼から何か聞いているのだろうかと、心臓が早鐘のように脈打ち始めました。

フラッシュバックする過去の一場面。

この男性のいらぬ言葉によって不安をかき立てられ、「あなたの気持ちを取り違えて一緒にいたのかもしれない」と訴えた、喫茶店での情景が炸裂しました。

「俺が信じられないのか」と、私の問いに答えた彼の淋しそうな目。

もしかしたら、彼の気持ちにひびが入ったのはあの時だったのか。

自分が蓋をしたはずの激情が、こんな些細な刺激一つでパックリと口を開け、ため込んだ感情がドクドクと流れ出す。

建築家が何かを言おうとするより早く、電話を切った私は完全に気が動転していました。それはまるでジェットコースターのような感情の起伏でした。

それでも、私は彼からの連絡を心のどこかで待っていたのです。電話が鳴ると「もしかしたら」と慌てて出るのですが、いつも違う人の声を聴くたび、その高揚感も次第に薄れていきました。

彼と話すこと。それはもう、かなわぬ夢になったのかもしれないと思ったからです。もし、今回のことが彼が考えた揚げ句出した結論なら、たとえ私が電話をしても、会いに行っても、彼は私を受け入れないだろう。長年、彼という人を見てきた私は、そんな彼の考え方を折にふれ見てきました。仕事であれ、恋愛であれ、一旦自分が決めたら誰が何と言おうと愚直なまでにその考えを貫き通す。そんな彼を「冷淡」「身勝手」と見る人がいても、私はそれが自分を偽ることのできない彼の生き方なのだと、深くひかれていたのです。

「俺の気持がなくなった時には君の前からいなくなる」

あの時、彼は思いつきではなく、自分が離れていく時は本当に終わりだと私に伝えていたのかもしれない。

二人が別れる時、彼は後もどりできない一線を引くのだろうか。

彼を愛するほどに不安を募らせた理由がここにあったのかもしれません。

ある日、仕事先から会社にもどる途中、乗っていたタクシーが偶然、彼の会社の近くにさしかかっていると気付いた私は、「あのビルの前を通って下さい」と運転手に頼みました。最寄りの駅を通り過ぎる時も、身を乗り出して歩道を歩く人を目で追います。行く手にあらわれた彼のいる見慣れたビル。それはまるで愛する人の分身のようでした。

あそこに彼がいる。

手を伸ばせば届く場所に彼がいるのに、永遠にふれることができないかもしれない。もし今、偶然を装って彼の前に出て行っても、彼は困惑するだけかもしれない。もし、彼がたくさんのことを考えて、「この状況を分かってほしい」と言ったのなら、私はそれを受け入れるしかないだろうか。

タクシーはゆっくりとビルの前を通過していきました。

私は後ろを向いたまま、思い出深いビルの一角が小さくなってやがて見えなくなるまで、果てしない距離の向こうの懐かしい景色を思い続けました。

それからというもの、彼を連想させる情報の全ては、悲しみの元になり、私はたくさんのことを心の中にしまい込もうとしました。

ついこの前まで、毎晩のように聴いていた『The Blessing Tree』（呼吸する木）という名の幻想的なアルバム。そのCDをかけた途端、私は慌てて曲を止めました。メロディが流れただけで、彼と共にいた日々が立ち上がってきたからです。

音楽も映画も、美しく清らかなものから逃れたかったのは、彼を思い出さないよう、自分を守る本能が働いたせいかもしれません。

クローゼットを開けると、そこには彼と会う時に着たたくさんの服が下がっています。その一つ一つをながめていると、これを着て歩いた街並みや、待ち合わせたレストランが浮かんできます。この悲しみとは裏腹に服には幸せな思い出が宿っているからです。

特に彼が好きだった、美しいアンティークレースで飾られたラベンダー色のワンピースを見ると胸が痛みました。

それはまるで、タンスの奥にしまい込まれたウエディングドレスのように、この先、決して袖を通すことはないと思ったからです。

それでも、この美しいドレスは私のもとにあり続ける。

ある時、電車に乗っていると、とても優しいまなざしの女性が私の前にすわりました。年の頃三十と少しの彼女は、革の表紙でくるんだ文庫本を読んでいました。しばらくして腕時計をちらりと見ると、彼女は読んでいた本を小さなバッグにしまい込み、かわりにコンパクトを取り出して化粧直しを始めたのです。その表情はとても真剣で私は釘付けになってしまいました。

彼女は誰に会うのだろうか。恋人と待ち合わせをしているのだろうか。

コンパクトをのぞく彼女の口元は微笑んでいました。

その表情には幸せが溢れていたのです。

彼に会う前の私も鏡を何度も見ていた。

なぜこんなことになってしまったんだろう。

彼を思い出すと胸が張り裂けそうでした。

慌ててハンカチを取り出したものの、涙の滴が口の両端にこぼれ、どうすることもできないまま、次の駅で電車を降りると一目散に改札を走り抜けました。

夕方の通勤ラッシュで人の波がうねる中をジグザグにかいくぐって、ただ一人になれる線路づたいの狭い路地に駆け込んだのです。

毎日通過する見慣れたホームの裏側の路地から、金網越しに見えるプラットホームでは大勢の人が電車を待っていました。

私にとっては、売店や階段と変わらない単なる風景。

その中に偶然彼がいないだろうかと目を凝らしました。一人、二人、と行き交う人を目で追ううち、その光景も涙でぼやけてしまいました。

私が目にするどんな場所にも、彼があらわれることはもう、二度とない。この時私は、それ以外の結論を見い出せなかったのです。

第4章　過ぎてゆく時間と埋められない距離

未来でなく今、目の前にある問題だけを考える

愛する人と別れてしばらくすると、多くの人は心機一転をはかろうとします。じくじくした気持ちで悲しみに明け暮れる日々を送り続けると、エネルギーはどんどん消耗され、やがて、底をついてしまうからです。

今とは違う心境になりたい。

忘れたい。

時がたつにつれ、八方ふさがりだった心に風穴があき、かすかな陽が差し込むように感じることがあります。

これがゆるやかな変化の始まりです。

そうなると、私が知る多くの女性達は髪を切ったり、エステに通い始めたりと、まず外側から自分を変えていこうとします。欲しかったジュエリーや服などにお金を使い、自分を元気に見せようとするのもこの頃です。

別れから自分を再生させる道。

その中で、もっとも強力なカンフル剤となるのが、新しい人との出会いではないでしょうか。

三十代半ばで三年越しの恋人と別れた旅行会社に勤める女友達は、わずか一ヵ月で新しい男性と出会いました。相手の男性は離婚歴のある、彼女より年下の公務員でした。

「今度の彼は市の清掃局に勤めているの。カメラマンだった前の彼より地味な職業だけど、とっても普通で優しいの」

久しぶりに電話で話す彼女の声ははずんでいました。

「別れてすぐに新しい彼なの？」私には彼女の心情がつかみきれません。

「とっても普通」――この齢になったら複雑で気を使う恋愛は荷が重い――そう語る彼女は、こんなに性急に人を好きになったのは生まれて初めてだと言います。

失恋直後の恋は、本人の傷が完全に癒えていないだけに、とても早く進展すると聞いたことがあります。

それは乾いたスポンジが素早く水を吸収するようなもの。

彼女はこの男性と出会う前に、すでに誰かと恋をする心の準備ができていたのです。

そういえば少し前、彼女が失恋した直後に相談があると突然、呼び出されたことがありました。

待ち合わせした地下鉄の地上口に行ってみると、柱のかげに立つ彼女は青白い顔をして、「ごめん」とだけ言うと、私より先に夜の街を歩き始めました。

彼女の表情は堅く、何も話そうとしません。

妙な気詰まりを感じた私は、かける言葉が見当たらず苦しまぎれに、「どうしたの」と聞いてしまいました。

彼女の状況から何かひどく傷ついていることは察しがついていたのに、です。

すると彼女は「この頃、別れた彼が部屋を訪ねてくるの。君とは友人でいるのが一番いい、もう自信がないと言われて仕方なく別れたのに。私はそんな彼を部屋に入れてしまうの。それなのに彼は、『僕らは以前のような仲ではない』割り切ってほしいと言うのよ」と一気に話すと、「もういやだわ」と地面にしゃがみ込み泣き出しました。

彼女の背中に手をかけた私は、どうすることもできなかったことを覚えています。

次の週、彼女に会った時、「こうしていないと落ち着かない」とチェーンスモーカーのようにせわしなくタバコを吸っていました。別れた彼については何も話しませんでしたが、その表情は憔悴しきっていました。

「一日二箱になったわ」

よるすべもなく背中をかがめ、タバコに火をつけては煙を吐き出すその姿は、いきなり齢をとった老女のようでした。

あの時の心の傷は、地味でも優しい今の恋人によって癒されていくのでしょうか。

「私ね、ぴたりとタバコやめたのよ。もう必要ないの」

その朗らかな声を聞きながら、心から良かったと思えなかったのはこちらの心中が複雑だったからです。

あれほど号泣した恋。別れてたった一ヵ月しかたっていないのに、そんなに簡単に他の人を好きになれるのだろうか。

すると彼女は電話の向こうでこう言いました。

「前の彼のことは本当に好きだったわ。でも、どんなに相思相愛でも相手がデートする時間がないほど忙しかったり、余りに優柔不断だと、現実的に交際は成り立たない。幸せになれないのよ」

彼女の話はまるで、私自身のことを言われているようでした。

けれどその一方で、彼女が新しい恋人の良さをあれこれ説明するのを聞いていると、それはのろけというより、自分の選択を固めるための意思表明のようにも思えました。

その後、彼女に会った時に新しい彼の写真を見せられました。

「どう？　素敵でしょう」

サイフに収められたそれを自慢する彼女は、過去に引き戻されないよう必死なのです。彼女はかつての恋人より今の彼を選んだのですから。

その頃の私はといえば、彼のいない日常にほんの少しずつ慣れ、生活も落ち着きを取り戻しつつありました。夜になると普通に眠くなり、好きなものを食べると美味しいと思う。

喪失した悲しみも、彼を愛した記憶も消えつつあるのでしょうか。

そして、こんな流れに身をまかせていくと、悲しみは癒えていくのだろうかと考えました。

けれどそれは、跡形もなく彼の存在が心から消えてしまうことと同意語なのです。

あの人を忘れてしまう日がくる。

そう思うと、いたたまれなくなりました。

そんな折、精神科医の友人が会おうと言ってきました。

ぼんやりとした思考を引きずるように、雑居ビルの中にある彼女の診療所を訪ねると、友人は色とりどりのフルーツがのったケーキをすすめます。

「いただきものだけど美味しいわよ。今、コーヒー入れるわね」

相変わらずのさばけた口調が懐かしくホッと息をついたのもつかの間、彼女はこの前の電話について話し始めました。

「何があったか知らないけど、頭の中で考えすぎるのは良くないって言ったでしょ」

「考えすぎてないわ」

彼との別れもこの悲しみも、私に起きたことを彼女は何ひとつ知らないのに、なぜそんなことを言うんだろうといぶかしく思いました。

すると友人は、「そうかしら、あなたはいつも先のことまで考えてしまうから、気になってたのよ。この前の意味不明の長電話を聞きながら、普通じゃない気がしたから」と私の表情をのぞき込みました。

ここで彼のことを全て打ち明けたらどうなるだろう。そんな思いが頭をかすめたものの彼女に全てを話す準備のない私は、目の前のフルーツケーキのつややかに光る白桃にフォークを刺しました。

私が愛した彼は、どんなに素晴らしい人だったか。それを失って息も絶え絶えに生きている自分。ここに来る相談者のように、ソファにもたれて心にたまったあらゆる感情を洗いざらい打ち明けたら、何かが変わるのだろうか。

すると彼女はコーヒーを飲みながら深々とソファに体を沈めて言いました。

「私ね、たくさんの人のカウンセリングを続けてきて思うんだけど、ほとんどの人は仕事も、恋も、先のことばかり考えて結果的に立ち止まっている。多分、念じれば自分の思いが叶うという意味を取り違えているのよ」

私はいつかの彼女の言葉を思い出し

「でも、明るい未来をイメージすることは大切なんでしょ。そう言ったじゃない」

と首をかしげました。

するとその彼女は、それにうなずきながらも

「でもね、何より大切なのは今なのよ。今、目の前にいる人、目の前にある問題を大切にする気持ちがなければ先はないわ。集中して誰かのことを考える時って、人は念じているのよ。体中から思いが溢れるような〝念〟っていう字は、『今』の『心』と書くでしょ。念じたら夢が叶うというけれど、念という言葉に実は、未来という概念は、全く入ってないのよ」

彼女は話に聞き入る私に向かってこう言いました。

「いい？　あなたの溢れる思いが念だとしたら、それは今を思う心なの。今、あなたの目の前にあるそのことを、思う心なのよ」

私達は本当に終わったのか

精神科医の友人の言葉は、まるでひっそりと静まり返った池に小石を投げ込んだようにゆっくりと丸い波紋を広げていきました。

考えてみると、私はいつもどこかで「彼に嫌われた」と思わないよう、過去のたくさんの場面を思い返し、最後に会った時の彼の言葉について何か事情があったのだと考えようとしていました。それは永遠に円を描き続ける作業のようでした。

人を好きになるのに理屈はいりませんが、別れる時は自分が納得できる明確な理由がいるものです。人間ツイている時には、自分がうまくいく理由を深くは考えないのに、失敗が続くと、「実力がないのか」から「たたりでもあるんだろうか」まであらゆる要素を総動員して、その解明に当たります。

私もそうでした。「仕事の忙しさ」「性格の違い」「互いの相性」などあらゆる要素を並べて、何がいけなかったのかを考えるのですが、行き着く答えはいつも同じ。なぜか分からないまま私達が離れてしまったということでした。

この「分からないまま」道をたがえてしまったという思いは、日がたつにつれ私の中で大きな悔恨となっていきました。

そして、これと同じ悔いは彼の中にもあるのではないかと思ったのです。

彼と私はなぜか口にしなくても、いつも同じようなことを考えていました。以心伝心の妙味は知り合って間もない頃から、次々と不思議な経験をもたらしたのです。私が何も話さないのに、こちらが気にかけていることをさらりと話す彼。

たとえばこんな具合でした。

「そろそろ電話した方がいいんじゃないかな」

「え、何のこと?」

「シミズさんだよ。彼、きっと連絡待ってるよ。このところ、ずっと話してないだろ」

カラスの方向感覚について調べていた私は、彼に紹介された獣医のシミズさんに定期的に会って取材していました。ところがある時から、私がこの獣医を倦厭《けんえん》しつつあることを彼は察したようでした。

シミズさんは気さくな紳士でしたが、人の好き嫌いをはっきりあらわすため、電話をする時には失礼のないよう自分に「よいしょ」とかけ声をかける必要のある人でした。

それが分かっているだけに「何となく気が重いなあ」と、次の取材を先延ばしにしていたのです。

　こんなことは一切話していなかったのに、なぜ、私の気持ちが分かったんだろうと不思議に思ったことを覚えています。

　私は、二人の間に存在する縁や彼の不思議な洞察力を知っていました。それがある日を境になくなるなど考えられないことです。

　会えなくなったことで私がどんなに悲しい思いをしているか、どれほど思い悩んでいるか、あの彼に分からないはずがないと思いました。

　彼と知り合った頃はまだ未熟でも、長い月日の中で私は彼についてたくさんのことを学んだのです。

　彼は四色ボールペンのような人で、その時々でいろんな色が出てきます。

　おとなしいかと思えば、傲慢だったり、冷たいかと思えば、電車に乗り合わせた子どもに目を細め、散歩中のゴールデンレトリバーに近づき、飼い主の前でいきなり抱きしめることもありました。

　動物が苦手だった私はその行為についていけず「犬が、好きなの？」と背後から尋ねました。すると彼は、散歩を中断された飼い主を気にすることなく、レトリバーの首をなで「好きだよ。犬も、猫も、人間も」と答えました。

子ども好き、動物好きな人は優しいのだろうと安心したのもつかの間、それを反転させることもありました。

彼と私が萌えるような新緑の中、公園を歩いていた時のことです。

「前に、熱心に保険をすすめるおばさんが何度も会社に来て『息子が腎臓移植の手術を受けるのにお金がいるから何とか契約してほしい』と言われたんだ」

その口ぶりから、てっきり同情した彼はそのおばさんと契約したのだろうと思い「そう、いいことしたわね」と言いました。

すると彼は「え？　引き取ってもらったよ。やって来る人ごとに個人的な事情を聞いていたらきりがない。こういう類の話はたとえ友人であっても一切断ってるんだ」と答えました。

私はその考え方に何と言っていいのか分からなくなりました。

もし、そうであれば彼がなぜこの話を持ち出すのか。

彼は口ごもるように言いました。

「この前、そのおばさんに偶然会った。息子さんは手術が間に合わず亡くなったと言っていた」

私は歩くのをやめ、彼の顔を見つめました。

するると唐突に彼は、「そのおばさんがこれをくれたんだ」と、保険会社のマークが入ったボールペンを私に見せました。

動物のイラストが描いてあるそのボールペンは、いつもモンブランを持ち歩く彼にはまったく似つかわしくないものでした。

彼は、この話をすべて私に告白することで、罪の意識から逃れたかったのだ。

ボールペンをくれたおばさんが保険の契約を頼む時、どれだけ彼に哀願したか目に浮かびました。その時の契約には息子の命がかかっていたのですから。

それでも彼は自分の考えのもと、それをはねつけ、そのことがずっと心に引っかかっていたのです。

それが彼なのだと思いました。

おばさんにもらったそのボールペンをそっとペンケースにしまう彼は、何も言わない私を前に気まずさを感じているようでした。とても複雑で、難しい一面を持つこの人は、いつもこんな風に一人で自分を振り返りながら生きてきたのか。

その時、公園のベンチに腰かけていた私は、黙って横にすわった彼に「私……」と切り出しました。

彼はこちらを見ることもなく、真っすぐ前を向いていました。そのこわばった表情は、次の言葉を待ちかまえているようでした。

「あなたは最初はとても静かでおとなしい人かと思ったけど、そのうち短気な面も見えてきて、随分横暴だと思ったこともあるわ」

すると彼は、大きな手で口元を包み込むように
「おとなしい、横暴……そういう人間だよ」

とつぶやきました。

そのあきらめに満ちた横顔を見ながら、私は打ち明けるように言いました。

「でも、今は優しい人だと思ってるわ」

「えっ？」

花の香りを含んだ公園を吹き抜ける夕方の風が、二人の顔をなでるように過ぎていきます。

私は彼の横顔から目をそらさずにもう一度言いました。

「あなたは優しいわ。それがこの頃分かってきたの。鎧《よろい》の内側にはそのボールペンを持ち続けるあたたかさがあるのよ」

罪を告白した彼は、私の顔を驚いたようにながめていましたが、その表情は次第にほ

ころんでいきました。彼はそれに気付かれたくないようで唐突に「行こうか」と立ち上がると、ここは気持ちいい所だと大きく伸びをしました。

彼を知るほどに、人は心と行動が必ずしも一致しないのだと考えるようになったのも事実です。

こんな出来事を思い返すと、そこには私が見落としていた深いメッセージが込められていました。

あの日、彼は、さよならを言いに来たのではなかったのかもしれない。

こんな思いが頭をかすめるようになったのは、彼と別れて二カ月を過ぎた頃でした。

本当の気持ちから動けない男性の愛を知る

彼は今、何を考えているんだろう。

彼を思い出すとどうしようもない淋しさが広がり、これまでの歳月が生々しくよみがえってくるのでした。

彼はもう気持ちを整理して、私はすでに過去の女性になったのだろうか。

それとも私からの連絡を待っているのだろうか。

こんな結論の出ない思いに、私はいつまで引きずられていくんだろう。

誰でもふだんの生活で、一つのことに対して相反する感情を持つと聞いたことがあります。「反対感情併存」と呼ばれるこんな心のメカニズムは、たとえば誰かと約束をしたくせに、「会いたい気持ち半分、会いたくない気持ち半分」のような「必ず行く」と言い切れない心情を表します。こんなはっきりしない二つの気持ちがシーソーのように揺れる状況は、誰の中にも常にあるのではないでしょうか。

「彼を好きでいたい」「いや、彼を忘れよう」

私の中の対立する二つの感情は、日ごとに揺れながら、どうしようもないほど彼の本当の気持ちを知りたいという願いにつながっていきました。

あの日、鋼鉄の鎧《よろい》をまとったようにあらわれた彼は、その一方で何かを伝えようとしていた。

あれは一体何だったのか。

それを知りたいと思うのに、彼に連絡をとらなかったのは怖かったからです。「なぜ電話してきたの」と、再び彼に拒否されたら、今度こそ私は打ちのめされて幸せだった思い出さえ失ってしまうと思ったからです。

「意味がない」「分からない」など、二人の関係について彼が言った言葉が、これ以上、彼と接触しても傷つくばかりと私を臆病にさせていました。

そんな折、しばらく音沙汰のなかった知人から電話がありました。

都内にある大学の人文学部で助教授を勤める彼は、少し年上のおもしろい男友達として、一時期はいろんな話をしました。その後、互いの仕事が忙しくなってからも、助教授からは年に一度、走り書きの年賀状が届き、かろうじて交流の糸はつながっていたのです。

久しぶりに会おうと言われた時、なぜかいい知らせだと感じ、私は指折り数えてその日を待ちました。

誰かと話すことで、どうすればいいのか見定めたい。

私の日常から遠いところにいる助教授となら、それが叶うような気がしたのです。

私達は助教授が勤務する大学に隣接する、雑木林の喫茶店で待ち合わせしました。

木造家屋の一階を改造して造られたその店は、森に出現したお菓子の家のようで、グリム童話のさし絵そのものでした。

こげ茶色の古材で作り上げられた店内は、銅製のやかんや、鹿の剝製、大きな肖像画がごちゃごちゃに飾られ、何一つ調和しないそれらはガラスシェードから漏れる電灯によって、心地よい世界を創っていたのです。

窓の向こうには、きらきらした木漏れ日を作り出す鬱蒼《うっそう》とした木々が立ちこめています。ここに彼を連れて来たらどんなに喜ぶだろうと、目の前の助教授と挨拶を交わしながら考えました。

互いの近況を話すうちに、助教授は来年アメリカで本を出す予定があると言いました。

すごいわね、英語で本を書くなんてと言うと、彼は深いため息をつき、「それがね」と、香り高いマンデリンを一口飲んで話し始めたのです。

「実は僕、ずっとつき合っていた女性と別れちゃったんだ。そのせいで今ひとつ調子が出ない」

ぼんやりしていた私の集中力が、彼に向かって矢のように伸びていくのが分かりました。

「人生で起きることの全てには意味がある。それは必ず次の展開につながるから」

少し前に本で読んだ言葉を思い出したのです。

助教授には五年越しの美しい恋人がいました。二人の仲むつまじさを知っていた私は、助教授と彼が重なって見えました。

恋人と別れた助教授の話を聞くことで、彼の今の心境が分かるかもしれない。

私は、はやる気持ちを抑えて助教授に尋ねました。

「どうして別れたの？」

するとと彼はつまらないことなんだよ、半年前のことだから、はっきり思い出せないけど、と何度も前置きして別れた日のことを話し始めました。

「あの日、僕は彼女の部屋にいて、土曜の夜だから夕食に出かけようということになった。ところがさ、彼女は胸もとが大きくあいたレースのワンピースを着ていたんだ。その日は後で僕の友達と合流する予定になっていたから、おかしいから着がえなよと言った。ところが彼女はいちいち口を出さないでと怒る。発端は確かそんなことで、そこから口論になったんだ」

助教授は、「どんな服を着ようが私の勝手でしょ」とがんとして譲らない彼女に、「もう分かった。僕は帰る。今日の食事は取りやめだ」と言い放ち、その部屋を出たそうです。

「これまで五年間、ケンカになると最後は僕がその場を去った。帰ろうとすると、いつも彼女が謝ってきたから、僕はその日も同じように彼女が追いかけてきて、それで丸くおさまると思ったんだ」

勢いこんでマンションを出た助教授は、外の通りを駅に向かって歩き始めたそうです。ところが、五分たっても、十分たっても後ろから足音が聞こえない。このままだともうすぐ駅についてしまう。あせって後ろを振り返っても、彼女の姿はありませんでした。

「家に着いてからも、きっと彼女が、もうすぐドアをノックするさと待っていたけど、ない。夜、電話があるんじゃないかと思ったが、電話もない。次の日もない。これはいつものケンカとは勝手が違う。五年の間にお互いの中に鬱積《うっせき》していた不満が噴出した。ああ、ひょっとしたら僕らは最後の一線を越えてしまったのかと思った途端、目の前が真っ暗になったよ。毎週のように会っていた、そばにいて当然だった彼女が突然いなくなったんだ」

普段は陽気な助教授の、「僕は傷つけられた」という沈痛な面もちに釘づけになった私は、彼が静かにカップを置くのを待って尋ねました。

「でも、彼女はあなたに出ていってと言ったわけじゃないわ。部屋を出ていったのはあなたの方よ。あなたがもう帰るって言ったのに、傷つけられたなんておかしいわ」

すると助教授は頭をかきながら、そうだよねと笑いました。

「でも、僕の考えからすると、彼女はあそこで僕を追いかけるべきだったんだ。カップルってさ、何回も同じようなケンカをするうち暗黙のルールができるでしょ。僕らの場合は、僕が怒って帰ろうとすると、彼女が必ず謝るというパターンを何年も繰り返してきた、そんなルールを彼女が破ったんだ」

私は助教授の目を真っすぐに見ることができませんでした。彼が余りに一方的に感じたからです。これが男性の論理なのか。彼もこんな風な考えで私のことに見切りをつけたのか。

「やっぱり一方的過ぎるわ。そんな考え」

「まあ、理屈からいえば確かに勝手でおかしいよ。でも長くつき合っていればそんなものも含めて、二人の世界が出来上がると思うんだ」

「二人の世界」――そうだ、これは助教授と彼女が築いたもの。そして、私と彼の間にも確固たる世界があった。

「その後、彼女と別れた後、他の女性とやり直そうと思ったことはないの？」

助教授の苦悩の中に彼の気持ちを探ろうとしていた私は、別れを経験した男性がそこにこだわるか、次のステップに進むのか、思い切って尋ねました。

助教授は私の問いに「浮いた話がないわけではなかった。大学には前から僕に好意を持ってくれている女性職員もいる。僕は一応もてる部類だし」と少しだけ笑うと、次の瞬間、真顔になりました。

「でも、誰かとつき合うことは、彼女に対して不誠実な気がしてできなかった」

助教授は彼女と別れた後、友達や家族から「彼女はどうしてる？」と聞かれるのが一番つらいと言いました。会ってない、僕たちは別れたんだと説明するたび、彼女を本当に失ってしまったんだと、現実を突きつけられるからです。

これじゃいけないと自分のプライドを守るため、いろんな女性と立て続けに会ったこともありました。

「わざと、彼女の知り合いの女の子たちと食事に行ったりしてね。それが風の噂で彼女に届けばいいと思った。僕は彼女から傷つけられたのだから、彼女も傷つくべきだって。

勝手でしょ。大人になっても考えることは、学生時代と大して変わらないね」

彼が話し終わると、風変わりな喫茶店のマスターに閉店ですとうながされ、私達は重たい腰を上げました。

喫茶店を出るとあたりはシンと静まり返っていました。

私達を保護するような雑木林は、いつか遭難しかかった南の島のジャングルを思わせました。所々に設置された街灯の白い光だけが人の気配を感じさせる薄暗い道。そこを私達は並んで歩きました。

これから助教授がどうするつもりなのか知りたいと思った私は、前を見たまま尋ねました。

「彼女が、あなたを待ってるかもしれないと思ったことないの?」

すると彼は、歩く速度を少しおとして「そこなんだよ」と行く手をはばむ木の枝をポキッと折ると、それを無造作に繁みに向かって投げました。

「僕は毎日、いろんな女性と接触するたび、その人の中に彼女の面影を探している。何であの時、帰ったんだろうって今でも後悔してるよ。でもね、女は本当の気持ちから行動できるけど、男はできない」

「本当の気持ちから動けないの?」

私は助教授の横顔を見つめました。

「ああ。女は人前で泣けるけど、男は簡単に泣けないのと同じだよ。別れた彼女にやり直そうと言われても、男はすぐに返事できないんだ。どんなにその女性を思っていても、一度、傷つけられたら二度と傷つかないために、どうすればいいかと考え、近づかない選択をする。それが不本意でもね」

「でも、それでいいの？」

さらに私は聞きました。

「よくないよ。だからこうして考え込んでしまっている。彼女がいないと毎日がこんなにつまらないのかと気付いた。大学で学生達を前にしても、本を書いていても、友達と会っていても、自分が盛り上がらないんだ」

助教授はそう言った後、一度だけ行きつけだったレストランで友達と食事をしていた彼女と鉢合わせになった時のことを話し始めました。

彼女はごく普通に「どう？　元気だった」と助教授を見るなり声をかけてきたそうです。それに対して彼は、動揺する心を隠し、「元気だよ」と答えてしまった。それが自分に追い打ちをかけたと言います。

「僕らが、あんな白々しい挨拶を交わす日が来るなんて考えたこともなかった。彼女は何もなかったかのように僕を見て、自然に笑っていた。こっちは心臓が飛び出しそうなのに、彼女は平然としていた。会わなきゃよかったと思ったよ」

私には、その時の彼の失望が手に取るように理解できました。私が同じ情況に立ったら、逃げ帰るに違いない。ショックの余り、これまでの思いをきっと放り出してしまう。

知的で良識ある助教授は、すでに地位も名誉もありました。ハーフのように彫りの深い顔立ち、アカデミックな職業につく人に少ない快活な彼もまた、一人の女性をめぐって苦悶しているのです。

精霊がスルスルと降りてきそうな高い木々が、濃いブルーに変わった空からそよぐ風によってザワザワと合唱のような葉ずれを奏でます。

それは夜の海で聞く、波の音のようでした。

日暮れ時になるといつも彼を思い出していた私は、別れた恋人を思いつめる助教授と会ったことで、男性も簡単に気持ちを切り換えられないのだと知りました。

「そういえば、英国に You don't know what you have until it's gone っていう詩がある。知ってた？『それがどれほど大切なものか、失くした時に人は分かる』っていう意味でさ、この前、偶然にこの言葉を見つけた時、まさに僕の心境そのものだと思ったよ」

そうねとうなずきながらも、「でも、私は失くす前からいつも、彼の大切さは分かっていた」と思いました。

私達は枯れ葉と小石が混ざり合った道をジャリ、ジャリと踏みならし歩き続けました。風化した標識が頼りなさそうに立つバス停で、雑木林の向こうからやってくるバスを待ちながら、「きっと、彼女とはまた昔のようになれるわよ」と言うと、助教授は革靴で地面を蹴りながら、そうかなあ、今日は喋りすぎたよと少し後悔しているようでした。

私は助教授と自分の夢に、もう一度息を吹き込みたいと本気で思いました。

「私達は大人なのよ。あなたの知識と誠意を持ってすれば、埋められない溝なんてないわ。どうにかなるわよ」

助教授は人の良さそうな笑顔で、そうだよなあと答えました。

この時、「あきらめてほしくない」と助教授に告げながら、私は同じ言葉を、届くはずもない彼の面影に語りかけていたのです。

第5章　彼の心への旅

止まらない涙は心のセラピー

偶然がこの世を支配する。支配されないのは人の心だけだろう――いつか観た映画のワンフレーズを彷彿させる出来事を体験したのはこの頃でした。

ある夜、私は久しぶりに夢を見ました。

夢には目覚めた時忘れ去ってしまうものと、いつまでも覚えているものの二つがありますが、その生々しい夢を私は生涯忘れないでしょう。

場面は足元をのぞき込むだけで、めまいのするような深い渓谷でした。

私はその渓谷を見下ろすギシギシと揺れる吊り橋に立っていて、はるか眼下を流れる渓流を目がけて次々と吊り橋から飛び下りる人々をながめていました。「バンジージャンプ！」と高笑いしながら楽しそうに飛び下りる人々は、誰一人ロープをつけていません。

彼らは「さあ、さあ」と声をかけ合いながら「気をつけ」の姿勢で下に落ちていきます。一瞬にしてコーラルグリーンの、まるで珊瑚礁のような美しい川に水しぶきを上げて到達すると、人々はいっせいに私に向かって手招きするのです。

奇妙なその明るさに躊躇《ちゅうちょ》することなく、私は体を宙に浮かせました。

落下する間、「死ぬんだろうか、うまく淵に行きつけるか」と思いながら、地球の引力に吸い込まれるように落ちていったのです。

次の瞬間、私はベンチにすわっていました。

それは、いつか彼と訪ねた古い洋館の裏庭にあるベンチです。

そして私の隣には、あろうことか彼がすわっていました。

彼は私の手を取って「ずぶ濡れになったね。よく飛び下りたよね」と言いました。

私は彼が再び懐かしい裏庭にいて、私の隣にこうして腰かけていることが信じられませんでした。

季節は夏のようで、耳をすますとひぐらしの大音響が響き渡り、その建物からは、なぜかオルガン演奏と共に男の人のテノールが聞こえてきました。

幸せな時はもどってきたのです。

けれど夢の中でさえ、彼との再会が長く続くものではないことを知っていた私は、上着のすそを濡れた手でつかむと「私も連れて行って」と言いました。

もう二度と黙って立ち去ってほしくないと、指に力を込め強く握りしめたのです。

彼はそんな私を不思議そうに見つめて、「どうしたの」と首をかしげます。

それは聞き取れないほど小さな声で、私が何かを言おうとすると、その輪郭は霧のようにかすんでいき、夢は終わったのです。

久しぶりによく晴れた日曜日の朝、目覚めた時から私は、それまで味わったことのないような、胸が締めつけられる強い寂寥感におそわれました。

前に比べると彼に対する気持ちはずっと落ち着いていたのに、私は自分の中心から湧き起こる激しい感情に打ちのめされそうでした。

コーヒーを入れ、パンを焼き、朝食の支度をするうち、夕べ、夢で見た情景が広がっていきました。幸せのさなかにありながら、朽ちた修道院のような洋館に魂を吸い込まれそうになったあの日の情景が、まるで日記を一行ずつ読み返すように蘇ったのです。

急に視界がぼんやりとかすんだかと思うと、涙が溢れて止まらなくなりました。

あの洋館で再会した彼の温かい体温や声は、夢から目覚めた今も確かに残っているのです。

私がとても涙もろく不安定だった時期に、精神科医の友人が専門誌に発表した「涙と癒しの関係」の記事を見せてくれたことがありました。

彼女は「人が泣く効用を分かりやすく解説したのよ」と得意になって記事の感想を私に求めてきました。

彼女の書いた記事によると「人は負いきれないほどの悲しみ、ストレス、苦悩を抱え込んだ時、泣くことによって涙と共にマイナス感情が外に排出されて、心が軽くなる。だから私達はこわがらずに泣くことで心の傷がどんどん癒されていく」といったものでした。

当時の私にとって、それは願ってもない情報だったのです。

熱心にその記事を読む私に、彼女はこうつけ加えました。

「いい記事なのに、ほとんどの女性は私の主旨を読み違えるの。私が書いた『泣く』って行為は、頭で考えて何かを思い出したり、想像して涙することじゃない。一時的に強いショックを受けた人の中には、普通に生活していてわけもなく突然、泣き出す人がいる。でも、それをおそれるなってことを言いたかったの。人間というのは自分の容量がいっぱいになると、涙が悪いものを流してくれるのよ。そう思って自然にまかせていればいいの」

彼女の話によって私は不安定だった時期を、やけになることもなく通過できたのです。

そして、そんな自分の悲しみと格闘する段階はとっくに卒業したはずでした。

それが、ゆうべの夢によって堰《せき》を切ったように押し寄せてきたのです。

あの洋館での時間や、そこでの会話が、主人公を求めてさまよう影のように迫っている。

これは何だろう。

涙にぬれた顔で新聞を広げた私は、広い紙面の中の小さな記事に、頭を打ち抜かれたような衝撃を受けました。そこには、昨晩、あの洋館も含めた住宅地の一角が火事で焼けてしまったというニュースが報じられていたのです。

「放火の疑い。不審火で木造家屋三棟焼失・米国宣教師らの足跡残す洋館も全焼」見出しと共に、瓦礫の山の写真が掲載されていました。折り重なるように放置された真っ黒な木片やレンガ、ステンドグラス。その間から、かすかに白い煙が立ちのぼる写真は、まるで兵士たちが去った戦場のように無惨でした。

新聞の写真を指でなぞりながら、ギロチンが落ちたようだと思いました。彼の「今度ここに来るときは」というあの一言は、今やどこにつながっていくんだろう。とうの昔に忘れられたかもしれない約束は、私にとってはかけがえのない希望でした。

そんな最後の砦は、これですっかりこの世から消えてしまった。

私は精神科医の友人に電話をかけ、今すぐ会ってほしいと言いました。気が動転したまま飛び乗ったタクシーの中でも涙は止まらず、もう私には何もなくなった。幸せの日々の象徴だった洋館までが焼けてなくなってしまった。そのことだけが繰り返し頭を回っていました。

夢は私にそのことを伝えたかったのか。

それはまるで彼が、夢で見たつり橋の上から、私に向かって何かを叫んでいるような激しさでした。

シンクロニシティーが伝える彼の思い

緑地が広がる川を眼下に見下ろすマンションの最上階に一人で暮らす精神科医の友人は、全ての準備を整え、客人を待つ執事のように広いリビングの入口で丁寧に私を迎えてくれました。

私の真っ赤な目をちらりと見るなりキッチンに引っ込むと、「挽きたてだから、診療所のコーヒーより美味しいわよ」と一杯のコーヒーを持ってきてくれました。

その深い褐色の香りに、今日が日曜日でよかったと思いました。友人と一杯のコーヒーのありがたさを身にしみて感じたからです。私はここに来るまでの間、バラバラになりそうな頭で何十回も反復したことを話しました。

「自分がおかしいの。ゆうべ、ある夢を見て、一人でいられなくなったの」

男まさりの理知的な彼女なら最小限の言葉だけで、私の心情を間違いなく理解してくれると信じていました。

彼女は医師の持つ冷静なまなざしで私の話に耳を傾けつつ、こちらの心の裏側までを読みとっているようでした。

「起きてからずっと悲しくて、ただの夢だと思っていたら、実際に大変なことになっていて……」

私の話をせき止めるわけでもなく黙って聞き続ける彼女の表情は、友人というより精神科医のものでした。

私が焼失した古い洋館のことまで話し終えると、彼女は少し微笑んで「大丈夫よ、心配しなくても」と言いました。

リビングの窓辺に置かれたロッキングチェアに深く腰かける彼女は、大切な話を順序だてて始める人がそうするように、落ち着くための間をとっているようでした。

そして深く呼吸すると、「この仕事をしていると、この世には二つの世界が存在すると思う時があるわ」と、ゆっくりと切り出したのです。

二十代をドイツの大学で心理学の研究についやした彼女のものの捉え方は、どこか宇宙的な広がりがあると思っていました。それが、時として答えの出ない問題に真実の石を投げ込んでくれることもある、と。

「あなたに起きたことはシンクロニシティーと呼ばれる現象なの。日本では、『正夢』

とか、『虫の知らせ』と呼ばれるようなものよ。このシンクロニシティーはね、私達が特別に意識する物、場所、出来事、人物との間に起きると言われているの」

彼女は私の激しい動揺をゆっくりと分解しながら、一つの形に当てはめていくように語ります。

「さっき、この世には二つの世界があると言ったでしょう。それは分かりやすく言うと『心の世界』と『物の世界』なの。もっと言うなら、この世は心の内側と外側の世界に分かれるのよ。親しい人の死を夢で見た翌朝、本当に訃報が入ってくるという話を聞いたことあるでしょう。あれは心の外の出来事と、心の内側の意識が同調して起きることなの。原因と結果だけを追求する現代科学で『正夢』は、単なる偶然と片付けられてしまうけど、本当はそうじゃないのよ」

彼女はその細い指で本棚から取り出した革製の古書をめくりました。セピア色に変色したドイツ語のその本は、約三百年前に提唱されたシンクロニシティーについて心理学者らが書いたものだと彼女は言います。

「ゆうべ見た夢、そしてその洋館が焼けたことと、あなたが今朝から感じている強い悲しみや寂寥感。それは、宇宙に存在する全ての情報が、現在のあなたに合わせて組み直されたからだと思うわ。それが、あなたがずっと考えていたこと、思い続けてきたことと共鳴し合って何かを訴えかけているんだわ」

彼女の話はどこかフィクションのようで、すぐに理解することはできませんでした。

けれど私は分かりたかったのです。

友人の話そうとしていること、私に起きていることが、彼の心につながっている気がしたからです。

私はふりしぼるような声で尋ねました。

「私の心と共鳴？　ではすべてのことは、どこから始まってるの？」

「それは意識よ。あなたが無意識のうちに意図したことが、大切なものの危機や変化を知らせていたのね」

だって焼けたその洋館は、あなたにとって意味のある場所だったのでしょうと、彼女は確認しました。

その問いに私は自分の心をなぞるように答えたのです。

「そうよ。あの場所を私は一度も忘れたことがなかった。いえ、この数カ月間、繰り返し思い出していた。あそこに行ったことや、その時の情景は思い出なんかじゃなく、いつも私を支えていたから。子供の頃からどこかで私は、自分の人生は幸せとは縁がないかもしれないと思っていた。世界がひっくり返るようなすごい出来事は起こらないだろうって、どこかで諦めて生きてきたの。だけど、そんな私が生まれてきて良かったと初めて思った場所があの洋館だったから……」

今朝、ニュースを見た時、彼とのつながりが音をたてて崩壊する気がした、と彼女に言おうとしました。それは私にとって、かけがえのないものだったと。

けれど私は肝心なことは何一つ、彼女に打ち明けていないのです。

彼を愛したことも。失ったことも。

私は声がかすれて、それ以上何かを言うことができませんでした。

彼女にとってそんな私の姿は、精神科医を訪ねた多くの女性たちが、医師を前に独白しながら感極まって涙を流すという、よくある一場面だったはずです。

まだ明らかになっていないことは、いくつもあるのに、私はそれに対してなす術もない。

そうするうちにも心の外側の世界は、どんどん変わっていくのです。

タロットで見える心の風景

嵐のような激情は二日間続き、そのあと潮が引くようにきれいに消えてしまいました。それは私にとって、淋しいことでもありました。直接彼とふれ合うことのできない今、実体がつかめない夢の出来事でも、それで彼を感じることができた。それがたとえ妄想であっても彼とのかけ橋であったことには違いないのです。

平穏な日々の始まり。

私は、また一段と彼から遠い場所に流されたようでした。

そんな折、数週間ぶりに助教授から会社に電話がありました。

いくつかの仕事の納期を控えていた私は、机の上の散らばった書類にうもれていた受話器を取ったところ、「僕らね、君が言った通りになったよ」と言う彼の抜けるような明るい声に驚かされました。

私は一瞬、何のことか分からずに、はぁと間の抜けた返事を返すと、助教授はさらに大きな声で言いました。

「彼女に会って、話をした。僕ら、またつき合うようになったんだ。この前、君にいろいろと言ったけど、彼女もずっと僕を想っていたことが分かったんだ」

彼の声ははずんで、雑木林の喫茶店での憂愁はあとかたもなく消えたようでした。

これが本当であれば、何という急展開だろう。

助教授は、そんな私の気持ちを察したようで、事の次第を話し始めました。

「実は、あのあと、面白い人に会ってね。ボストンから僕の大学に赴任してきた社会学の教授と学内のパーティーで知り合ったんだ。アメリカに三十年暮らしていた日本人のその教授がね、彼女の心を読んでくれたんだよ」

助教授の話によると、パーティーで意気投合した彼は、この老齢の教授から自宅に招かれたそうです。金曜日の夜とあって、夜を徹して飲むうちに、助教授は苦しい自分の彼女に対する思いを打ち明け、そこから話が急展開したと言いました。

アメリカで超心理学を研究したその教授、ドクターカワカミは彼の失恋談を聞き、「信じるかどうかは分からないが、私が知っている方法で今の彼女の心をのぞいてみよう」と、奇妙な絵柄のカードを棚から取り出しました。

半信半疑の彼は、予期せぬ展開にたじろぎながら、自分より経験も知識もはるかに豊富なドクターカワカミの秘儀を見守ったそうです。

「テーブルに広げられたカードを見るだけで、僕らが出会った頃から今までの流れが全て分かると教授は言った。そんなことあるものかと内心疑っていたんだが、ドクターカワカミは過去にまでさかのぼって僕らしか知らないことを言い当てていったんだ」

資産家の娘である彼女の育ちの良さに助教授がコンプレックスを感じていたこと。つき合い始めた頃の彼女の嫉妬深い言動。

カードを読み解き、語られる話に目を丸くする助教授。

最後にドクターカワカミは、これなら多分大丈夫だよと、ぽかんとした顔でことを見守る助教授に彼女に会いに行くようにと促したそうです。

彼女もそれを望んでいる。私が保証するから手遅れにならないうちに彼女に会って話をした方がいい。

その一言に背中を押されたと助教授は言いました。

教授の家を出たのは午前2時。酔った勢いで電話を入れたところ、彼女は電話口で「どうしたの?　事故なの?　大丈夫?」と叫んだそうです。

その瞬間、心の中のもやがすぱっと晴れ渡ってさ、僕らは絶対にやり直せると確信したんだ。すごいよ。一発逆転だ」

興奮する助教授は、トートのタロットと呼ばれるそのカードを使いこなすドクターカワカミを、私に会わせたくてウズウズしているようでした。面白いおじさまに会うと思って会ってみてよ。個人的な興味もあるから君がドクターの秘儀についてどう思うか感想をぜひ聞かせてほしいと言うのです。

犯罪心理学の権威でもある老齢の教授に会えば、彼の心が分からないまでも、何か大切な話が聞けるかもしれないとぼんやり考えました。

何より彼女と復縁して幸せいっぱいの助教授と話した私は、あの夢を見た時のように、それが現実でないにせよ、彼の心の断片のようなものにふれることができるかもしれないと、ドクターカワカミに会うことを承諾したのです。

「友達の一言で未来が見えることがある」と、以前仕事で会ったスピリチュアルカウンセラーに言われたことがありました。友達との関係は見えない霊線でつながっているから。

とすれば、この助教授の電話によって私の運命も変わっていくのでしょうか。

まだ見ぬドクターカワカミという人に、まるで暗闇に差し込む一筋の光を感じたのはなぜだったのか。

私自身、超常現象やタロットなど、占いや魔術に強い関心があったわけではありません。第一、どちらに傾くか分からない微妙な気持ちの判断を、見ず知らずの他人があやつるカードにゆだねることに強い抵抗もありました。けれど、今、どんな方法を講じても彼の気持ちを知らなければ、私は一生後悔するのではないかという危機感もつのっていたのです。

分からないまま彼と離れることはできない。

人間の意識はいつも世の中の動きに対面しているようで、実は砂漠のように広大な内面に向かっていると精神科医の友人は語りました。

彼の夢を見たことでシンクロニシティーを体験し、理屈では割り切れない世界を身近に感じていた私は、はかり知れない心の領域にすでに踏み込んでいたのかもしれません。

私は再び住宅街を抜けるバスに乗って、雑木林に隣接する大学を目ざしました。車窓の向こうには春の光に輝く民家の屋根がつらなっています。

流れる風景を見つめながら、「こうしている間も私の心の中心には彼がいる。それが雪のように降り積もる淋しさの素なのだ」と、思いました。

私が訪れた老齢の教授、ドクターカワカミの研究室は、壁のくぼみに机が押し込められ、その上には本が積み上げられていました。西側の雑木林をのぞむ窓から差し込む光は、朱色のベッチンのカーテンによって遮られ、ヨーロッパの古書店と同じように「閉じ込められた世界」を守っていました。

壁一面の本棚に並べられた古書の背表紙に綴られているのは、ゴシック調の英文字でした。そんな古書、地図、絵画は、すべて重大な秘密を抱え込んでいるようにも見えました。

私の前にすわったドクターカワカミは簡単な自己紹介をすませると、「助教授からトートのタロットの話を聞いたんだろう。こうして色んな人の相談に乗っていると、アメリカ時代を思い出すよ」と、目尻にしわをよせ、柔和なほほえみで私の緊張をほぐしました。

「長いこと社会学をやっていてね、統計やニュースにもならない、水面下の人間の心の動きが世の中を大きく変えることがあると思うようになった。見えないところの動きに真実がある、とね。トートのタロットはその手がかりを教えてくれる。その結果、人間が納得できないこともあるが、それは今、分からないだけなんだ。今すぐ納得できないことでも、あとになって分かることは人生にたくさんあるのだから。何といっても古代の人間の方が、我々よりずっと精神性が高かったんだ。これはその流れを受け継いでいる」

そう言いながらドクターカワカミは、おもむろに手許にある奇妙なカードをたぐり始めました。

「さあ、ここから先は純粋に何でも協力しよう。君が知りたいことは何だね」

私は遠慮がちに言いました。

「それは、ある人の気持ちですが……」

部屋の空気がその一言で張りつめたようでした。

私はドクターカワカミに夢の話、そして焼失した洋館について説明しました。あえてそれをシンクロニシティーと言わなかったのは、私が今、ここにいること自体が超常現象の続きのようで口幅ったい気がしたからです。

教授は私の話を目を閉じて聞いていました。そして力強く言いました。

「よし、だいたいの様子は分かった。それじゃ、やってみるか。君は気持ちが知りたいその人のことだけを考えていればいい」

そう言ってエジプトの象形文字をモチーフにしたような、奇妙な絵柄のそのカードをテーブルの上に並べていきます。

ドクターカワカミは息をのむ私に言いました。

「いいかな、ここで大切なヒントが見つかるかもしれん。もう一度言うが、好きなのに躊躇して電話できないことは君にもあるだろ。それを電話がないから愛がないと判断するのが人間なんだ。だってそうだろ、愛があるけど電話ができない事実は、人には見えづらいからだ。人の深層心理は複雑で、ずっとあとになって、ああ、そういうことだったのかと分かることもある。悩める人は自分の気持ちすら分からないからね。このカードからは、そんな弱くて複雑な人間の全体が見えてくるんだよ」

ドクターカワカミはテーブルの上のたくさんのカードを、両手でグルグルとかき混ぜました。そして、心で数を数えるように何かの法則にのっとって、並べるカードと捨てるカードを選別していきます。

薄暗い部屋にチャッ、チャッ、チャッとカードを振り分ける音が響く中、終始無言のドクターカワカミは、機械のような手つきで事をすすめます。カードを一枚ずつテーブルに並べるその表情は、まるで海の底をのぞき込む時の、未知なるものを見ようとする集中力に満ちていました。

やがてドクターは、一連の動作を止めると、並んだカードの絵柄をまんべんなくながめ、「ううむ、これは」とつぶやきました。

彼に何が分かったのだろうと、一枚一枚のカードに目を凝らしました。けれど、規則正しく縦と横に並んだそれは、やはり扉を閉ざした暗号にしか見えませんでした。

ドクターカワカミは「ここにその人の気持ちが出てきたんだが……」と、ゆっくりと顔を上げます。

彼の気持ち？　そんなことが本当にあるんだろうかと、首を傾げる私は、

「どんなことが、出ているんですか？」

と尋ねました。半信半疑でありながら、神様どうか不幸な結果を告げられませんようにと、すばやく心の中で手を合わせました。

すると教授は、こういう場合は何と説明すべきかと、前置きして話し始めました。

「それが……この人の考えていることは、君と同じなんだ」

「え？　同じって何がですか？」

私は目を見開きました。

「まず……、建築物倒壊の衝撃――つまり、例の洋館が焼けたショックが心の中心に出てきた。しかも過去を振り返っておる。何かを、とても、気にしているね」

「何を、どんなことを気にしているんですか？」

ドクターカワカミは、もう一度カードに目をおとしました。

「昔、その場所に行ったことだ。とても気にしている。それから……」

「何ですか？」

「この男は、とても悔やんでいる。過去に気持ちが行き違いになったらしい。その結果、君をひどく傷つけたと思って、そのことを深く考え込んでいる」

「考え込むって、どうして？」

「どうして？　どうしてって、彼はこだわってるからだよ。その女性に対して今でも特別な感情をを持ち続けているからだ」

「え？」

「愛情だよ」

教授が放った最後の一言に、私は信じられない思いでした。

タロットの信憑性をあながち否定できないという思いはどこかにあっても、愛情があるならなぜこんなことになったのか、それが私の中ではとうてい理解できなかったからです。彼が最後に言った言葉を思い返すと、ドクターの話をそのまま鵜呑みにすることはできませんでした。

「そんなこと……信じられない」

私は、ドクターカワカミとタロットカードを交互に眺めていました。

第6章　復活する愛・消える愛

二人の相談相手のはざまで見えた結論

彼は今でも私を忘れていない。

いいえ、ドクターカワカミは「今でも愛情を持ち続けている」と告げました。正確にはトートのタロットといわれるカードに、彼の気持ちが映し出されていたというのです

彼と別れて今まで、長く暗いトンネルを、どこに出口があるか分からないまま一人歩き続けてきた私が誰かに自分の悲しみ、彼への愛を話したのは初めてです。精神科医の友人にすら打ち明けることのできなかった、淋しさ、悲しさ、苦しみ。それが、ドクターカワカミによって初めて受け取められたような気がしたのも、また事実です。私はずっと誰かに彼のことを聞いてほしいと願い、「大丈夫」と言ってほしかったのかと思いました。

けれど、それはなぐさめや解決策を得るためではなかったのです。たとえ推測であっても彼の心をなぞり、二人の日々を振り返る私の道先案内人が必要だったのかもしれま

せん。

彼を失うのが怖く、忘れてしまうことが怖く、何より私の中で愛がなくなってしまうことが怖いと葛藤していた日々が、この教授によって初めて区切られるのではないかと思いました。

私は、トートのタロットより強いドクターカワカミ自身の言葉で、さらに勇気と自信を与えてほしいと思いました。

けれどドクターカワカミは助教授におこなったような、細かいカード分析を私には披露しませんでした。

これからどうすればいいのかという問いかけに、この時の私は、「今すぐ会いに行きなさい」という一言が欲しかったのかもしれません。

すると、ドクターは、「会いに行きなさいと言いたいところだが……」と、一拍置きました。

「君が動けるのなら、素直な気持ちでそうしたらいい。もちろん、彼は喜ぶと思う。だがね……」

「はい」

「無意識の作用をあなどってはいけない。近代科学の誕生は、宗教と科学の対立だ。いいかね、人間も自我と無意識が常に戦っている。君達二人の流れを簡単に説明するとね、もう一つ山場がありそうだ。特に君自身の方にね。彼とこうなったことが君の中ではトラウマになっているだろう。恐らく彼もそうだ。こんな状態にするつもりはなかった。なぜこんなことになったのかという気持ちがここに出ている。プライドも傷ついているだろう。だからこそ彼は動けない」

「そんな……」

「君のことが頭にこびりついて離れないんだろうな。カードでは確かに君への愛情が見える。タロットが『心のあり方を説く辞書』と呼ばれているのは、人の考えだけでは停滞した人間関係を動かせないと古代の人々も知っていたからだよ」

そう話すドクターカワカミは、シンと静まりかえったこの部屋に漂う、すべての精霊の親玉のようでした。

「彼の心に、私はいるんですか」

「もちろんだ。どちらも相手に強い絆を感じている。それが意識から消えない限り大丈夫だ」

現実的には何の根拠もないのに心に風が吹きぬけていきます。

「ドクター、それはカードの予見ですか？　それともあなたの意見？」

「両方だ。信じられないと思うが、私はそう思っている」

人間、つき合いが停止しても、心がつながっていることは珍しくないのだと、白髪を指でかき分けながら教授はカードをしまい込みました。

「君とはいずれまた、会うかもしれないな」

そう言ってドクターは腰を上げると私をドアまで送ってくれました。

眠りに誘うようなバスの振動に揺られ駅に向かう私は、一番後ろの席に座りました。やってくる時にはただの平凡な家並みにしか見えなかった郊外の景色は、萌え立つ緑のような生き生きした生命力に溢れて見えました。

「彼は今でも私を忘れていない」「愛情を持ち続けている」本当に、そんな風に言ってくれるただ一人の人を、私はずっと探していたのだ。

その一言で心が軽くなり、目にするものの全てが再生されていくようでした。

それはあたかもこれまで停止していた「運命の輪」が、空のかなたでゆっくりと回り始めたようでした。そこから送り込まれる神聖な風は、「すべてが分からない」という不安から、少しだけ私を解放してくれたのです。それがタロットによるものとしても、私に力を与えてくれたことは事実でした。

私はずっと、彼を思い続ける理由を探していたのかもしれない。そんな自分の心の杖は、思わぬ人との出会いによって見つけることができたのです。

私は急に、誰かと話したくなり精神科医の友人に電話をかけました。

カウンセリングを終えて帰り仕度をしていた彼女は、突然会おうと言ってきた私に何事かと思ったようで、待ち合わせの場所を告げ「これからすぐに出るわ」と慌てているようでした。

駅の改札口で彼女を待つ間、私の前を通り過ぎる人の波を眺めながら、世の中は何一つ止まらないのだな、と今さらのように思いました。状況も、人の気持ちも、刻一刻と変化し動き続けているのです。

息を切らしてやってきた友人は、まず私の顔をのぞき込み、「あれ、元気そうじゃない」と拍子抜けしたようでした。

「この前は最悪だったから。混乱してたし。今日はお詫びにごちそうするわ」

そう、と答えると彼女は、「あなた、目の輝きが違うわ。生き返ったみたいよ」と、信じられないといった表情で私をじっと見るのです。

少しでも元気な姿を見せて良かった。

それは、心配をかけた友人への配慮でもありました。

私達は時々連れだってよもやま話をする街はずれにあるトラットリアに向かいました。

「ここのところ、ずっと肩を落としていたから内心は心配していたのよ。この前、うちに来た時の私の話が少しは役に立ったのかしら」

真っ赤なサングリアを飲むと、彼女は私がどうやって立ち直ったのか核心の質問を向けてきました。

「この前のこと、解決したの？」

私は嬉しそうに口元をほころばせ、実際的には何かが変わったわけじゃないけどと付け足します。

「ただね、あなたがこの前言っていたシンクロニシティーの裏付けがとれた気がして……」

「裏付け？」

彼女は少しだけ眉間にしわを寄せました。

「ええ、この前あなたは、大切なものが私の意識によって危機や変化を知らせると言ったでしょ。あの焼失した洋館の夢は、まさにそれだと改めて分かった気がするの。厳密に言えば私と同じくらい、あの洋館を大切に思っている人が焼失のニュースを知って私に呼びかけていたんじゃないかって。」

彼女は一気にサングリアを飲み干しました。

「私は、ずっと長い間、その人がどんな思いでいるのか知りたいと思ってきたの。だから、あの日、ものすごい動揺が始まった時、その人が何かを伝えたいんじゃないかと感じた。そして、それが何なのか分かったような気がするの」

「どうやって?」

友人の声のトーンが心なしか冷たく響きました。

私は助教授から電話をもらったこと、そして、ドクターカワカミに会ったことまでを、彼女にかいつまんで説明しました。トートのタロットというカードが人の心を映し出すらしいと。それはすぐに飲みこめなくとも、宇宙的なものの見方をする彼女なら抵抗なく理解するだろうと思ったからです。

精神科医の友人はドイツで、ドクターカワカミはアメリカで、近代科学からはみ出した論理を勉強した経緯があります。二人は同質の何かを持っているはずと思ったからです。

ところが彼女は顔を曇らせ、「それはどうかしら」と首を傾げました。

「確かにタロットなんかのオカルト的なものは、心理学を超えて生命に関係する諸分野にどこかで関わりがあると思える。それは否定しないわ。でもね」

友人の目の光が放つ鋭さ。自分がやっと見つけた心の杖を、彼女が奪い取るのではないかという直感が走ります。

「その教授が言うように、人の心というのは日々移ろっていくのよ。今日は好きだと思ったものが、明日は『ちょっと待てよ』と思えてくる。そしてさらに時間が経つと『自分はこれを好きではなかったかもしれない』『好きだと思ったこともあるが、今はもっと別なものを欲している』と、なっていくことだっておうおうにしてあるわ。トートのタロットだけで、そんな微妙な人の心のひだを推定するのは危険なことよ。第一、教授って言ってるけど本当にカワカミ氏の学歴や職歴を調べたわけ?」

私は、良き理解者であるはずだった友人が、なぜここにきて頭ごなしにそんなことを言い出すのか、彼女の言葉を覆す反論を早急に口にしなければと思いました。けれど、予想外の反応を前に、何を言えばいいのか言葉が詰まってしまったのです。

まごまごするうちに、ピザを食べるのをやめたのは彼女の方でした。

「私はあなた自身の力で、今の問題から立ち直ってほしいと思っていたわ。そのために「正しい方法」であなたを支えようとしてきた。それは私との会話から、あなたが自分の本当の気持ちに気付いて、それに向かって動き出すことだったの。『大丈夫、きっとうまくいくわ』と言えば、あなたは安心したり、喜んだかもしれない。でも、分からないことを断定的に言って、結果的に相談者を追い込むことはできないのよ。それは正しいことではないわ」

この件でいち早く怒りを表したのも彼女でした。黙り込む私に彼女はたたみ込んできます。

「それに、私があれだけ相談に乗ってきたのに、そんな見ず知らずの他人の言葉で喜ぶなんて、あなた一体どうしちゃったのよ」

冷静だった精神科医というこれまでのイメージは私の中で崩れました。目の前には一人の女友達が現れたのです。

彼女は、少しずつ失望をうかべる私にこう言いました。

「聞かなかっただけで、私にはおおよそのことは分かっていたわ。あなたがそのことでどんなに傷ついて、悩んでいたか。失ったものへのあなたのこだわりや、執着を見ていれば察しがつくわよ。いつも言いたかったことを今、はっきり言うわ。あなたには意中の男性がいたんでしょう？　いい、彼はあなたから離れていったのよ。あなたが夢を見て動揺していた日も、よほどそのことを忠告しようかと思ったけど、あえて言わなかった。第一、そんなにあなたを思ってる男性なら何があっても連絡ぐらいできるはずだわ。そうでしょう。だからドクターカワカミが言ったことは容認できない。あまりにも人の気持ちを軽く考えすぎているわ。いかにも、その男性がまだあなたを思っているような無責任な発言をするなんて。助教授達はたまたまうまくいったかもしれないけど、それがあなたに当てはまる根拠はどこにもないのよ」

彼女の言葉は鋭い刃物そのものでした。話すうちに、自分の言葉に煽《あお》られ、見ず知らずの教授への怒りは頂点に達したようです。

「待ってよ。なぜそんなに興奮するの。なぜ一方的にドクターのことまで否定するの。何を信じるか、何を選ぶのかはその人の問題だって、あなたはいつも言ってきたじゃない。あなたには理解できないかもしれないけど、私がずっと求めていたものを、ドクターカワカミは言葉にして与えてくれた。そう思うことがそれほどおかしいことなの?」

私の話が終わらないうち、彼女は伝票を手に取っていました。

「あなたは余りのショックを受けて、冷静な判断が出来なくなっているのよ。そんな時、人は何かにすがりたくなるものよ。たとえばタロットとかね。あなたも仕事をしているいっぱしの大人なら分かるでしょう。そんなものに友達が傾倒していくなら私は止めなきゃいけないの。それは間違ったことだからよ。私の話をどう受け止めるかは、あなたの気持ち一つよ」

彼女は憤慨した表情を変えることなく、今日はもう帰るわとレジで勘定を済ませると、後ろを振り向かず外に出て行きました。

「待って」と、彼女の後を追った私は、店の外でその腕を摑みました。外はすっかり日が暮れて、背広姿の会社員が行き交う中、私達はさぞ奇異に映ったことでしょう。

「あなたがこれまで私にしてくれたことはありがたく思ってるわ。そんなあなたのアドバイスに飽き足らなくなって、ドクターカワカミを訪ねたんじゃない。私はあなたが言うように、ずっと自分自身に否定的だった。なぜあの人とこんなことになってしまったのか毎晩考え続けたわ。あの人をなくしたとあきらめてしまえば、時間が解決してくれたかもしれない。世の中には悪いことを信じたがったり、イヤなことを言われるのが好きな人もいる。いいことばかり聞かされると嘘っぽく思えて、『あなた方はもう終わりました』と言われると、どこかでホッとする。でもそんな風に思えなかったのは、あの人がどんな人かを私は知っているからよ」

彼女は、誰か知らない人を見るような目で私に言いました。

「違う、まだ好きだから。それだけよ」

だから信じるきっかけが欲しいのだと。新しい可能性に背を向けるのだと。

「これ以上、私を説得しなくてもいいわ。あなたが選んだことでしょう」そう言うなり、彼女はやってきたタクシーを止め、夜の街に消えていったのです。

彼が知らない私が動き始めている

どうして彼女に会おうなどと思ったんだろう。

今日の彼女の痛烈な批判は、ドクターカワカミによって見出した希望を根こそぎにするような激しさでした。家に帰ってからもあの激しい口調が耳鳴りのように頭にこびりついて離れず、打ちのめされたまま考え続けました。

精神科医の友人は、単なる癒しの人ではなかったのかもしれない。

彼女は私の彼への愛情の深さや、喪失の痛みを知りながら、いつもの私のように前向きな姿勢で立ち直ること以外は認めようとしなかった。

彼女のまなざしは、「見守る」優しさではなく、「観察」する厳しさだったのかもしれない。

もし、彼女が本当に私の胸の内を察していれば、あんな言い方ができただろうか。

いや、これは私のとらえ方かもしれない。

こんなに近い友人に対する失望も、彼と一緒にいた頃なら感じませんでした。心の全てを彼に向けていた頃は、人のいびつさに気付く暇もないほど彼の話だけを聞いていたからです。

彼が発する言葉は、見えない壁となっていつも私を守ってくれました。

仕事や人間関係で問題が生じ、物事がややこしくなると、「あれこれ考えても意味がない。十年経てばみんな同じことだからね」と言っては、よどんだ空気を和らげるのも彼でした。

失敗したり、思わぬトラブルに巻き込まれた時、彼に相談すると持ち前の長期的な視点で「大したことじゃない」とその深刻さを取り除いてくれる。

ところが、彼と離れてからは、周囲の人達の言動など些細な一つ一つが自分に重くのしかかってくるのです。

その結果、今日のように友人と対立してもどうせ大切な人を一人失なったのだから、あと何人周りの人が離れていっても同じことだと考えてしまうのです。

全てが面倒で、もうどうでもいいと。

これは「一人殺すのも二人殺すのも一緒」と映画や本で殺人者が開き直る心理に似ているかもしれません。

人間は失恋というたった一つのきっかけで、いともたやすく優しさ、敬意、良識を捨ててしまうこともあるのか。

私はベッドに横になり、彼のとらえ方を思い出そうとしました。ドクターカワカミのタロットの話を彼にしたら何と言うだろうか、と。

その時、なぜか彼に贈られたキーホルダーを失くした時のことが頭に浮かびました。どんな時も持ち続けていた、かけがえのないそれは、「お守り」という言葉通り、疲れた時や淋しい時、私が何かにいどむ時の心のよりどころでした。

飛行機の離発着がにがてな私は、機体が飛び立つ瞬間、エンジン音が爆音に変わってくると、キーホルダーを握りしめました。

また、つまらないことで彼と言い合った後も、それをながめていると気持ちが落ち着いたものです。

彼の前でメタルをハンカチで磨きながら「これがないとダメなの。私にとっては一番大切なものよ」と言うのが私の口癖でした。

ところがある日、彼と待ち合わせした直前、キーホルダーが失くなったことに気付き私はパニックになったのです。会社や家など一日中キーホルダーを探す私に、彼は仕事中、何度も電話をくれました。

いよいよ夜になって、私が途方に暮れていると、さらに「人間の目は錯覚もあるから、バッグや紙袋を逆さまにして中身を全部出すといい」と言ってきました。

私はバッグをベランダに持ち出し、それを逆さまに振ったところ、あろうことか内ポケットの深いところからゴトッと何かが落ちました。それは折りたたんだ書類が床に落ちる鈍い音でした。

もしやと思って、その書類を広げてみると、そこにキーホルダーがはさまっていたのです。

「あったわ。カバンの中に紛れていた」

私が電話をすると彼は「そうか。良かった」と安堵しました。

この人は、私にとってかけがえのないものを分かっている。

それが、たとえ取るに足らないものであっても、なぜそれが私にとって大切なのかを彼はいつも知っていたのです。

そんな彼なら、私がドクターカワカミに会いに行ったことも、トートのタロットで自分の心を覗こうとしたことも、きっと分かってくれるだろう。

友人はそんな私を批判したけれど、彼ならそれが私のやむにやまれぬ、不安や悲しみから出た行動と、「ああ、そんなこともあったんだね」と言いながらその裏にあるたくさんの話に耳を傾けたはずです。

キーホルダーを大切にする心もタロットを知ろうとする心も、彼から見れば好奇心と繊細さを合わせ持つ私が、愛を守ろうとする姿に映ったことでしょう。

私はドクターカワカミの思慮深さにかつての彼を見ているのだろうかと思いました。落ち着いた物腰。あらゆる感情を受け止める力。

たとえ白髪の教授がタロットという秘儀を披露しなくても、ドクターには話したいと思わせる何かがあったのです。

別れ際に「君とはいずれまた会うことになるだろう」と言ったドクターの言葉は、その通り成就される気がしました。

「君自身にもう一つ山場がありそうだ」という予見は、もしかしたら、沈着冷静な精神科医の友人の失望を言い当てていたのかもしれません。

タロットを否定した彼女が叫ぶように繰り返した、立ち直るための「正しい方法」やドクターを非難することも、もしかしたら彼には分かっていたのだろうか。

考えてみると、たくさんの時間を私に提供してくれたにもかかわらず、私は精神科医の友人に、これまで一度も彼の話ができませんでした。

彼女は、私が前進する時には、追い風となってエールを送ってくれますが、恋愛でこここまで臆病になる私の性質を知ると、「あなたらしくない」と受け入れてくれないような気がしていたからです。

こんなに近くて親しいのに本当に言いたいことが言えないもどかしさ。これもまた、私が受け止めるべきものなのでしょうか。

彼と出会うことで私は大きく変わりました。笑うことと同じだけよく泣き、悩んだ日々。

そのすべては彼を愛したことから始まったのです。

私は彼から贈られたキーホルダーを手に取り、メタルに掘られた世界に思いを馳せました。夜の海を航海する天使には、一体何が見えるのだろうと。

夜空に一つだけ光る星を見上げながら、天使は終わりのない旅を続けているようです。

彼はこのキーホルダーのことをまだ覚えているだろうか。私が彼にあげた、兵馬俑坑の埴輪をまだ持っているだろうか。

夜中に人がとりつかれる、こんな終わりのない考えを、もう妄想とは思わない。
私は何かに向かって船を漕ぎだしていました。

あなたが私を好きだった頃

わたしは、わたしの限界を受け入れ、
抱きしめます。
わたしは、あなたの限界を受け入れ、
抱きしめます。
いま、わたしたちは自由に変化し、
成長していけるのです。
ついにその日が訪れたら、
歓迎しましょう。
このままでいたいという
欲求のほうが、
変化し、成長することより

苦しくなるその日を。

――「人間関係―心の羅針盤」より

春から夏にかけて、立て続けに出張が入った私は、いろんな地方の町に出かけました。以前は考える間もなく、スケジュールに追われる方が心が安らぎました。けれど、一人に少しずつ慣れてきた今は、もう無理矢理気分を紛らわせる必要もなくなったのです。寂しい人は、食べ続け、誰かに会い続け、喋り続けなければ失速してしまいます。不安定な時期の私は、まさにそれでした。

そんな日々を精神科医の友人や、知人や、書き込めないたくさんの予定が埋めてくれました。けれど今は、自分一人で西に向かう新幹線に乗り、売店で買った駅弁をおいしく食べられるまでになったのです。

彼を失って両手両脚をもぎ取られ、五感の全てを喪失したような打撃を受けたあの頃からすれば、これは格段の進歩だと思いました。

彼がいなくなったという淋しさは、昔を懐かしめるまでに変わりつつありました。忘れることなく、過去に留まることもない。これまでの人生で経験したことのないような中庸の中で、今も確かに彼の存在を感じています。

私は出張先のホテルからドクターカワカミに電話を入れました。電話で話すのはこれが二度目なのに、「ああ、君か」と私からの電話を歓迎してくれるその声は、旧知の友人のような慈愛に満ちていました。

またお目にかかりたいという申し出に、ドクターカワカミは三日後の日曜日を指定してきました。学内のチャペルで日曜日の礼拝を受けた後、研究室に行くから昼頃がいいと穏やかに言うのです。

宗教と学問と神秘が同居するドクターカワカミは、どこかこの世の人ではないという気がしました。ドクターの良識に触れるたび、この人によって彼の内面を見つめることが出来たことを感謝するのでした。

ドクターカワカミは、不思議そのものでした。不思議（wonder）がたくさん（full）積もると——wonder-ful、素晴らしい人生が始まると聞いたことがあります。

彼と話すごとに不思議に満たされていく私は、ドクターカワカミの見通すことのできない奥深い性質の中に、素晴らしい人生の鍵があるのではないかと思うようになっていました。

訪れた日曜日の大学はとても静かで、たたずむ遺跡のような敬虔《けいけん》な雰囲気に満ちていました。キリスト教系の大学の中庭には小さな礼拝堂があって、中からは切れ切れに美しいオルガンの旋律が聞こえてきます。

待ち合わせた時間より少し早めに来たのは、以前見かけたこの石造りの礼拝堂をゆっくりとながめたかったからです。

彼も、ドクターカワカミも、心に残る人が教会や洋館など趣きのある風景とつながっているのはなぜだろう。これもまたドクターカワカミが話していた「意味のある一致」なのだろうかと考えました。

教授は「自然の流れにそって生きていれば、物事は全てうまく調和する」と言いました。この世の中は思っていたよりずっと単純にできているのかもしれない。一見複雑に見えることでも、その末端は別な複雑なものとつながっていて、そのつなぎ目だけを見ていくと、ほとんどのことは、すっきりと分かるのかもしれない。

私達に起きた全てのこと、そして、これからどうなっていくのかも。

そんなことを考えながら、私は一カ月前までは見ず知らずの人だったドクターカワカミが、今や私にとって誰よりも語り合いたい相手になっていることも人生の流れなのだと思いました。

少しの間の後、礼拝堂の頑丈な木の扉が開き、中から大学の関係者らしき人が出てきました。日曜礼拝にふさわしい真珠のブローチを胸につけ、ささやかな盛装をした中年女性たち。讃美歌の清々しい旋律を口ずさみながら出てくる老人。

どの顔にも安らかな光が宿っているようでした。

誰かと話しながら出てきたドクターカワカミは、私の姿を見つけると、「おう、来たね」と手をあげました。

「もしかしたら君が礼拝堂の前で待ってるかもしれんと思い、急いで出てきたよ」

日曜日の朝の光に、教授の白髪は天使の羽のように白く輝きます。

私達は雑木林の小道を抜け、教授の研究室を目ざして並んで歩きました。

「ああ、何とさわやかな朝だろうな。こんな日は得をした気分になる」

私は教授がことのほか明るいことを嬉しく思いました。

緑の風が私達を追いかけるようにそよぎ、そのたびに心に溜めたいくつかのことが溢れてきます。

ああ、私は彼とこんな風に話しながら歩き続けたことがあった。とりとめのない話をしながら、東京の端から端まで歩き続けようと言われたことがあった。

ドクターカワカミは、空を見上げながら言いました。

「さっきの礼拝でアメリカ人の牧師が話していたが、Boiling down という言葉があるんだ」

「ボイリングダウン、煮詰めること……ですか?」

「そう。シチュー、カレーなど水気のあるものを沸騰させると煮詰まって、味がより濃くなるだろ。この表現を一八八〇年頃から欧米人のジャーナリストが使い始めたんだ。話の枝葉を略したり、意味を端的にあらわす時にね」

「私もさっき教授を待っている時、同じようなことを考えていました」

「そうか。一見、複雑なことでも煮詰めていくと濃い情報だけが残る。煮詰める過程でそこに水を足したり、別な具を入れると、もともとあった味がさっぱり分からなくなるだろ。『複雑』『ややこしさ』とはそうやって人の手で作り出されるんだな」

雑木林のはずれ、キャンパスの端に建つ石造りの建物にドクターの研究室はありました。静まり返った室内は、前に訪れた時よりいく分きれいに片づいた様子でした。

たった二回目でこの空間にすっかり慣れた私は、それでもいつかここに来なくなる日が来るだろうと思いました。

不思議に満ちたこの空気は、魂に吸いつくように寄り添い、今の私の糧になっています。けれどそれは、今の濃さで永遠に力を与えてくれるものではないのです。

彼との愛が形を変えたように、今、どんなに必要な人間関係も、次々に新しい展開を繰り広げていく。だからこの一瞬がことさら貴重なのです。

ドクターカワカミは、タロットを取り出すと、「君と色んな話をしたいと思っていた。だが、これは私の習慣のようなものだから、まずカードを並べてみよう」と言いました。彼は前のようにカードを大きな手でたぐると、テーブルの上に並べ始めました。

多くを尋ねない彼は年長者の経験から、私がこの前の続き——彼の心をさらに深く知りたいことを察しているようでした。

この一枚一枚のカードは彼の心の断片なのでしょうか。テーブルの上のカードは、相変わらず分かる者だけにその秘密を解き明かす、封印された暗号のように見えました。

ドクターカワカミはしばらくカードを見ていたかと思うと、手元の大学ノートに何やら書き始めました。そして、話をしようと待ちかまえていた私にこう言ったのです。

「本質的に彼は何も変わってはいないと見るよ。この前もそうだったが、今日カードを開いても君のことを随分気にかけているようだ。人の気持ちというのは特別に何かが起きない限りは、そうそう変わるものではないからね。」

ドクターカワカミは大勢の人々の相談を聞き続けるうち、人間がいく通りかのパターンに分類されることを発見したと言いました。

「私から見て、この男性は深く人を好きになったら、そうそう変わらない気質のようだ。おそらく君は、私のそんな言葉を聞きたかったのではないかね」

「はい。でも現実に私達は離れてしまいました。そして友人からも彼に愛情があるならこんなことにはならなかったはずだと言われました。ある面でそれは当たっていると思うんです」

私は彼にそうしていたように、心に散らばった単語をかき集めてドクターカワカミに自分の気持ちを話し始めました。

どこまでも澄んだつかみどころのない彼の瞳は、それを真っすぐに受け止めています。そして少しの沈黙のあと彼はゆっくりと口を開きました。

「ここに興味深い啓示が出てきた。彼の心の現状に不安をあらわす『月』と『死』が出ている」

「死？ それは、もしかして終わりという意味なのですか？」

私はあわてて尋ねました。

「いや、これにはもっと違う意味があるんだ。いいかね、君にとってトートのタロットよりもっと分かりやすい死（Death）のカードを見せよう。よく見たまえ」

彼はテーブルの横に置かれた木製の小箱から、一枚のカードを取り出しました。そこには不気味な死神がするどい大鎌で、畑に実った作物を刈り取ろうとする姿が描かれていました。

畑に転がる人の首をものともせず、刈り取りに向かう死神。

ドクターは「中世の終わりに、ヨーロッパではペストが大流行して、多くの人が命を落とした。恐るべき疫病の前には、王も聖職者も庶民と同じようになす術もなく死んでいった。つまり死は誰に対しても絶対的に平等だったのだ」と前置きしました。

「だがね、タロットの世界で『死』――Deathとは、死と再生のことなんだ。どんなことにも始まり、実り、そして終わりがあるのは分かるね」

私は分かりますとだけ答え、次の言葉にじっと耳を傾けました。これから先、この人はとても大切なことを話し始めると思ったからです。

「いいかね、彼の心に強い不安や憂鬱をあらわす『月』のカードが出た。そしてその隣には『死』だ。どうやら死神が大鎌で作物を刈り取る時期が来たようだ。過去に執着する者にとっては辛いことだが、実った作物を刈り取らなければ次の新しい芽は出てこない。そうだね」

私はドクターから目をそらし、死のカードをじっと見つめました。

「そこで問題は何を刈り取るかということだ。何を切り捨て、何と決別するかと考えると、人はとても不安になるものだ。だが、メッセージは全ての不安を刈り取れと言っている。心のもやもやを刈り取る時期が来たのだから」

私は初めてドクターに問いかけました。

「そうしたら、それからは、どうなるのですか」

「大地に豊かな実りがあるように繁栄するはずだ。君達二人の豊かな実りや繁栄のために、今度こそ変化をおそれてはならない」

未来を信じて、変わっていく今を受け入れることが大切なのだと、ドクターは繰り返しました。

外は風が強くなってきたのか、西側の窓から見える木々は、その枝をシンフォニーを奏でるようにザワザワとゆさぶっています。木はまるで生き物であるかのように大きくうねり続けます。

それは、あの洋館の裏庭で二人して見つめた光景を思わせました。

夏の終わりにひっそりと暮れていく町。

その物悲しい世界で、私達の命だけは輝いていたのです。

「教授。彼は、私に出会ったことを幸せだったと思っているのでしょうか。こうなってしまっても、私を好きだった日々を幸せだったと思っているのでしょうか」

その声は、風の音にかき消されてしまいそうでした。

ドクターカワカミは、大学ノートを閉じると言いました。

「ああ、君と同じように、これまでずっとそうだったように、幸せな日々だったと思っているよ。疑う余地などないことだ」

そうしておもむろに立ち上がると、窓の外の木々が乱舞する様子を見つめたのち、こう言いました。

「君にこれだけは伝えておきたい。本当に悲しいこと、つらいこと、不幸や悲劇は実はこの世のどこにも存在しないんだ。嬉しいことや楽しいこと、悲しいことや辛いことは、そもそもどこからやってくると思うかね。どこからもやってこない。それは、全部君が決めている。君が決めた時に『幸せ』も『不幸』も生まれてくるんだ」

「私がですか?」

「そう、彼ではない。私でもない。君の心が、すべての意味を決めているんだ」

ドクターカワカミはそう言うと、ゆっくりと背中を向けて、取り付けの悪い西側の窓を苦心の末に、少しだけ開けました。すると、ピューッという音と共に、森の匂いのする真っすぐな風が入ってきて、テーブルの上の書類やタロットカードがバラバラと飛び散ったのです。けれど彼はそれに一瞥《べつ》もせず「いい風だ。気持ちいい風だ」と笑い、さらに窓をこじ開けようとします。

散らばった紙やタロットのカードをひろいながら、私は風の匂いを吸い込むべく大きく深呼吸しました。


ドクターカワカミの研究室を出た私は、その足で真っすぐに精神科医の友人の診療所に向かいました。

このところ、彼女のカウンセリングはテレビや雑誌でも紹介され、訪れる女性が増え続け、週末もフル回転だと言っていたことを思い出したのです。

あれ以来、連絡も取らずじまいだったので、彼女に会うことに躊躇はありました。それでも私は、彼女を訪ねようと思ったのです。

診療所のドアを開けると机に向かって書類を書いていた彼女は、私の気配に気付き
「あら」とだけ言って、また机に向かいました。

「どうしてるかと思って来てみたの。いて良かったわ。おいしい豆大福買ってきたのよ。食べたら帰るわね」

猫背の後ろ姿にそう言って、私は小さな炊事場でお茶を入れました。

この診療所のどこに何があるのか。何度も訪ねるうちすっかり覚えてしまいました。

話をしたくなさそうな彼女は「別にいいのに」とだけ言って書き物を続けます。

私は濃い緑茶を入れると、大福を二つ小皿にのせてテーブルの上に置き、「食べましょう」と声をかけました。いびつな二人の間をうめるための、ふくよかで丸い大福。

彼女はくるりとこちらを向き、椅子から立ち上がると「今日は大変なの。学会用にこの書類をまとめなきゃいけないんだから」と、私の向かいのソファにドスッと腰を下ろし、勧められるまま大福を食べ始めました。

「食べたらすぐ帰るわ」

同じことを言うのはこれで三度目だと思い、濃いお茶をすすりました。

こうして何度二人で向き合ったとしても、私は、彼のこと、そしてドクターカワカミのことを、もう彼女には話さないだろうと思いました。

けれど、こうやって一緒に大福を食べ、お茶を飲む器量が私達には残されていたのです。

診療所を後にして歩き始めた夕暮れの街は、まるで映画の舞台のように美しい陰影をかもし出しています。

私は素晴らしい物語の終演を見つめている観客のように、ビルの谷間に広がる紫色と朱色のとけ合った夕暮れにため息をつきました。

翌朝、目覚めてから、いつものようにコーヒーを飲み、トーストを食べようとキッチンに立ちました。ところが今日に限ってはそれが何の意味もないことだとすぐに気付いたのです。

分厚い日記帳のページが風を受けてパラパラとめくれる音がします。それをたどると、これまで人生の頂点だと信じて疑わなかった彼と私の幸せな日々を垣間見ることができるのです。

けれどそれは人生というもっと長い時間軸で見ると、一瞬の出来事なのかもしれません。彼との出会いと別れ、それが何に続いていくのか、全ては後になって分かること。

そう自分に言い聞かせました。

そうでなければ、これから起きることの全てを受け止められないと思ったからです。

私は、かつてそうしたように、見えるはずのない電話の向こうの相手に敬意を込めて髪を整えました。そうして一度、二度と、懐かしいあの番号を心の中で復唱したのち、彼に電話をかけました。

その時、遠くの方で何かを告げるように鳥がさえずり始め、命を謳歌するその声は、しだいに大きくなり、やがて空の隅々にまで響き渡っていったのでした。

あとがき

本書は、かつての自分の恋を振り返り、検証しながら書き上げたものです。

二〇〇三年以降、日本では韓流ドラマやいくつかの恋愛小説が発端となり「純愛」が大きく取りざたされるようになりました。これは一九七〇年代に起きたラブストーリーブーム以来、最大級の現象と言われています。

これによって、かつて二十代の独身女性を中心に、広く人気を集めていたトレンディドラマは衰退していったと言われています。最先端の流行を感じる恋愛より、「少女マンガのよう」と揶揄《やゆ》されるプラトニックな愛を、人々が追い始めたからです。

多くのメディアではこんな現象を、不況や少年犯罪の頻発、テロ・戦争による国際情勢の不安定さなど殺伐とした世相の反映だと論評します。

けれど自分の恋愛を世界情勢と照らし合わせる感覚を、はたしてどれだけの人が持っているのでしょうか。純愛ブームの背景は、もっと日常生活の切実なところから生まれたように思えます。

たとえドラマの世界のことだと分かっていても、私達は一途な人の姿に心を動かされ、信じ合う男女を目の当たりにすると、あせりのようなものを感じます。

これは作り話だからと思いつつも、自分は何とつまらない毎日を孤独に生きているのだろうか。おそらくこのまま齢をとっていっても、確信の持てる相手に巡り会えないのではないかと、むなしく思うのです。


情報誌の編集長を務めながら、多くの人々の生活に触れるたび、自分を懸《か》けられる愛を誰もが潜在的に探していると感じるようになったのも、ここ数年のことです。

けれど、仮に自分を懸けることの出来る相手と巡り会えても、愛を貫く道は平坦ではありません。

自分のことを振り返っても、他人の言葉によって信じていたものが揺らいだり、確信を持っていた愛がかく乱されるなど、相手へのこだわりが強い分、不安が募っていきました。そのたびに彼を知る前の自分は、どれほど平安だっただろうと、よく考えたものです。

人を好きになって始まる孤独や不安は、一人でいる時より重くのしかかってくると気付いたのも、かけがえのない人に出会った時からでした。

前にアメリカ人の女性カウンセラーにインタビューした時、こんな話を聞きました。

「日なたのように暖かく、いつも女性の思いを酌《く》んで行動してくれる男性は、気をつかわずとても居心地がいい。でも、女性はこんな男性をなぜか深く好きにはならないものよ」

このカウンセラーは、これを普遍の愛の法則だと言いました。

逆に言えば、生活スタイルや恋愛観が違う一筋縄ではいかない相手は、問題も多いけれど深く結びつくというのです。

「一人暮らしのわびしさ、二人暮らしの煩わしさ」という言葉があります。

一人だと淋しく、物足りなさを感じるものの、二人になるとそれが当たり前となり、逆に相手に対して「もっと自分を理解してほしい」「もっと自由にしてほしい」と、不平、不満が募ってくるというのです。

誰かを本気で好きになることは、まさに「わびしさ」と「煩わしさ」のはざ間に立つようなものだと思います。どんなに愛し合っていても、時には道を違えたり、対立することもあり、それが別れにつながることもよくある話です。

ドクターカワカミは、彼とこのまま離れていくのではないかと悲観的になっていた私に、こんなことを言いました。

「滝を考えてごらん。滝は出っ張った岩の上を流れ落ちる時、左右に分かれるだろう。傷害があるからそこで二つに分かれるんだ。だけど流れはいつか、行く先で合わさる。分かれた水流は一本になって、また元に戻るんだ」

タロットという、私にはまったく縁のなかった世界を熟知する彼は、人と人の縁、結びつきは、簡単に出来上がったり壊れたりするものではないと話していました。それは男女の間柄にも合てはまる。

人が考える時間軸と人生の時間軸は、全く別物だからというのです。

基盤のある人間関係は、流れてゆく滝のようにそれが遠い先であっても、いつかは元に戻るのだと。ただし、それに気付かないままどこまでも流されていく人が余りに多いというのです。

彼の話は、私たちが魅了されている愛の本質を言い当てているように思いました。

見失ったものをあきらめることは、一見とても潔く、幸せになる近道のようにも思えます。けれど、あきらめない道を選択する生き方に今、多くの人が輝きを見出そうとしていることも、また事実なのです。

そんな生き方を貫く勇気と純粋な気持ちは、誰かを深く愛する紆余曲折の日々に見えてくるのかもしれません。

本書の執筆にあたっては、牧野出版の佐久間憲一社長、ポプラ社の坂井宏先社長に大変お世話になりました。

この場を借りて心より御礼申し上げます。

二〇〇五年　初夏　井形慶子

井形慶子（いがた・けいこ）

長崎県生まれ。大学在学中から出版社でインテリア雑誌の編集に携わる。その後、世界60ヶ国に流通する外国人向け情報誌「HIRAGANA TIMES」を創刊。28歳で出版社を立ち上げ、個性的な暮らしをテーマにした情報誌「ミスターパートナー」を発刊する。同誌編集長。60回を越える渡英経験を通じ書き下ろした著書は多数。

ベストセラーになった『古くて豊かなイギリスの家　便利で貧しい日本の家』（新潮文庫）『イギリス式月収20万円の暮らし方』（講談社）『いつかイギリスに暮らすわたし』（ちくま文庫）『少ないお金で夢がかなうイギリスの小さな家』（大和書房）初のフォトブック『イギリス式暮らしの知恵』（宝島社）その他、『仕事も暮らしも3で割るイギリスの習慣』（新潮社）ほか多数。

（社）日本外国特派員協会会員。ザ・ナショナル・トラストブランド顧問。

http://www.mrpartner.co.jp

あなたが私を好きだった頃

2005年8月4日　第1刷発行
2005年8月21日　第2刷

著者　井形慶子
発行者　坂井宏先
編集　株式会社牧野出版
発行所　株式会社ポプラ社
〒160-8565　東京都新宿区大京町22-1
電話　03-3357-2212（営業）
03-3357-2305（編集）
0120-666-553（お客様相談室）
ファックス　03-3359-2359（ご注文）
振替　00140-3-149271
第三編集部ホームページ
http://www.poplarbeech.com
印刷・製本　図書印刷株式会社

N.D.C.914/198p/20cm ISBN4-591-08827-8